杜立德醫生歷險記

目川文化

目錄

說到會講「人話」的動物，大多數人第一個想到應該就是鸚鵡。有趣的是，《杜立德醫生歷險記》這本書恰恰相反，是一個人類醫生杜立德學會了「汪星語」、「馬語」等各種動物的語言，可以真的和動物直接說話溝通，了解牠們真正的苦和危機，還因此拯救了很多動物的性命！

故事中的動物皆以擬人化的方式書寫，動物主角們就像現實生活中，我們會遇到的形形色色的朋友。例如，鸚鵡波利尼西亞，她就像是杜立德醫生的人生導師，帶領他去理解陌生、前所未聞的另類世界與知識，並在其遇到困難時，兩肋插刀義氣相挺。而非洲的喬立肯金國王，卻因曾經被白人的不友善對待，就一竿子打翻一船人，認定所有白人都是不好的，所以固步自封地不願再接納和理解外來的朋友。

這麼豐富又深入的人性刻畫，故事情節發展與對話卻是滿滿的童趣，應該和當時作者創作的動機和的環境有關。當初這本書是他寫給孩子們的家書，在第一次世界大戰的世代裡，有太多悲傷及慘痛的故事，他不願讓孩子們過早接觸世界的殘酷面，導致他們對一切不再抱有希望，徒留消極負面的人生觀；因此，採取了比較詼諧逗趣的手法，將其經歷的殘酷生活體驗，撰寫成了一篇篇生動有趣的探險故事。

冒險旅程的最後，是全部人（包括動物）都回到了屬於自己的家。或許，我們可以說，作者想傳達的意思是：無論我們去到哪裡漂泊流浪，「家」終歸才是最好的歸宿，最好的依靠；又或許在作者那個戰爭紛亂的年代，其實最渴望及最可以堅定其信念的仍舊是「家」吧！

【推薦序】

林偉信（台灣兒童閱讀學會顧問、誠品文化藝術基金會「深耕計畫」顧問）

陪伴孩子在奇幻的世界裡，培養想像力，思考人生課題

奇幻文學是人類思想極致的一種表現，透過想像，創造出一個個跳脫時空框架的新奇世界，將現實中的不可能化為可能，讓閱讀者擺脫有限形體的束縛，悠遊在不同的時空裡，享受現實人生中所無法經歷的奇特趣味。

而除了引人入勝的趣味情節外，奇幻故事中所暗含的人生隱喻與生命智慧，也一如日本著名心理學家河合隼雄在《閱讀奇幻文學》書中所說的：「**傑出的奇幻作品，總是帶著某些課題前來挑戰讀者。**」而「當我們將幻想視為靈魂的展現時，就會開始覺得奇幻故事的作者，給了我們相當豐富的訊息。」因此，「**即便故事讀完了，心靈依然持續感動。**」

目川文化這套奇幻名著，正是選自不同文化背景下的各種玄奇異想，傳遞各種重要的人生課題——如《西遊記》的叛逆與反抗、《小王子》與《柳林風聲》的愛與友誼、《小人國和大人國》的權力與人性、《快樂王子》的分享與快樂、《愛麗絲夢遊奇境》與《一千零一夜》的真實與夢幻、《彼得．潘》的成長與追尋、《叢林奇譚》的正義與堅持，以及《杜立德醫生歷險記》的溝通與同理。藉由這些書，給你和孩子一次機會，**陪伴他們在奇幻世界的共讀中，培養想像力，並且一起來思考人生中的一些重要課題。**

戴月芳（資深出版人暨兒童作家、國立空中大學／私立淡江大學助理教授）

孩子飛翔的力量很大

當孩子告訴你，他會飛，而且飛得很高很遠，你可能會笑一笑，不當一回事。但是，真的要告訴你，孩子確實飛得很高，很自在！

谷歌（Google）創辦人賴利・佩吉（Larry Page）有一天突發奇想，想要創造一個可以下載整個互聯網，而且查看不同頁面連結的搜尋引擎。在一九九六年，這想法可能是天方夜譚，但是他有企圖心，最後確實創造了谷歌。他像孩子飛上了天，飛得很高、很自在！

「飛翔」是我們的想像延伸，一切可能或不可能發生的，都可以藉由想像力「飛翔」先做實驗。【影響孩子一生的奇幻名著】系列，就是一套賦予孩子想像力飛翔的好書。每一本都是在激發孩子的奔馳創意。來吧！讓孩子閱讀，讓孩子隨著他的好奇心，遊走另一個充滿自由的奇想世界，跟隨故事人物一起經歷成長與冒險。

張美蘭（小熊媽，親子天下專欄作家、書評、兒童文學工作者）

讓孩子讀經典，是重要而且必要的

近兩年，我常在校園與兩岸演講，有一個主要的主題，就是「讓孩子愛上閱讀的八大法則」，其中我認為很重要的第二條法則是：在孩子中低年級以前，幫孩子選書；**高年級後開放讓他們自由選擇，但是每個月都該有指定讀物，並建議以經典兒童文學為主！**

我在小學圖書館擔任過十年的志工，發現一個令人憂慮的現象：越來越少孩子讀兒童文學經典作品！當今兒童閱讀，充斥著「漫畫」的速食文化。我曾問過孩子，得到的回答多半是：「漫畫比較搞笑，我不喜歡太嚴肅的作品。」或「看圖畫比較快，文字太多的書，真的看不下去！」這是一個很令人憂心的現象，因為這代表這一代孩子對文字理解能力（閱讀素養），將越來越弱。**而貧瘠的閱讀，將導致荒蕪的思想與空洞的寫作能力！**

更憂心的是，家長沒有意識到這狀況的嚴重性，還沾沾自喜地認為：我的孩子愛看書，就好！而沒注意到孩子無法邁向文字書的世界，更遑論兒童文學作品的世界。

讓孩子多讀經典吧！這將會影響他們一生的價值觀。我建議每個家庭都該有個基本書櫃，當中一定要收藏兒童文學名著！因為這些是經得起時間考驗、人類思想的精華。經典代表的就是人性。在奇幻故事架構下，也能讓孩子了解：世界上沒有所謂美好的大結局！**讓孩子從閱讀的幻想中，體會人生的趣味與人性的缺憾，才是真正智慧的開始。**

林哲璋（兒童文學作家、大學兼任講師、臺東大學兒文所）

奇幻的奇妙

小朋友，閱讀奇幻作品好處多多，畢竟現實世界只有一個，而奇幻想像的世界卻是無窮無盡。奇幻世界裡有神奇的天馬行空，想像世界中的介紹要天衣無縫。奇幻想像國度的語言可以豐富現實世界的生活，例如小王子和狐狸，小王子和玫瑰，他們的故事和對話，都可以比喻、使用在人類的世界。

想一想，像著名的「七步成詩」，曹植若跟哥哥寫「骨肉相殘」的詩，害哥哥沒面子，恐怕小命不保；聰明的曹植躲到了奇幻的國度，使用了奇幻的語言，寫了一首「小豆子和豆萁哥哥」的童話詩，保住了珍貴的性命。

奇幻的國度裡有許多寶藏，等待小朋友來尋找、開創，歡迎小朋友搭乘文學的列車，來到奇幻的國度上，觀看地球世界的模樣。

彭菊仙（親子天下、udn 聯合文教專欄、統一「好鄰居基金會」駐站作家）

我的童年是一段沒有故事書的歲月，因為爸媽忙於生計，關於孩子心靈需要的滋養，是沒有餘力可以照顧的。長大後，我才有機會一一在彌補童年裡沒有緣分相遇的經典兒童文學，但遺憾的是，這些故事我多半已經耳熟能詳，還來不及細細咀嚼文字，動畫中大量的聲光畫面已經綁架了我對故事的想像，我很不希望我的孩子用這樣的方式來接觸經典名著。

藉由這次目川文化規畫的套書系列，我似乎又恢復了一個孩童本來應該具備的自由奔馳心靈，在故事裡盡情遨遊，甚至幻化為故事裡的主人翁，經歷驚險刺激的冒險歷程。

我鼓勵爸媽引導孩子，一本接一本有系統的閱讀，不僅能提升賞析文學的能力與視野，最主要的是，**經典作品的人物都帶著強大熾烈的感染力，能博得孩子深度的認同，在潛移默化間，高潔的思想便深植於孩子的心底，行為氣度因此受到薰養而不凡。**

陳郁如（華文奇幻暢銷作家）

奇幻文學超越現實框架的幻想，讓人的想像力可以無限的延伸。同時，作者在故事裡可以巧妙的寫出自己對現實世界的連結，可能是對社會的反射、對人性的感觸等。

《杜立德醫生歷險記》的故事非常有趣，一個人對自己想做的事情堅持己見，不肯放棄，這樣的精神讓人佩服，也有了接下來的奇遇：他可以懂動物語言，還在海上有段冒險故事，讓人讀來嘖嘖稱奇。最讓我印象深刻的是「你推我拉」，一隻有兩個頭的非洲生物。在中國的《山海經》裡也無獨有偶的描寫不少多頭的神獸，像是延維、相柳、天吳等；《哈利波特》中也有三頭狗。看來在奇幻中，不管是古今還是中外，都有這樣多頭生物的傳奇故事。

很多經典永傳的故事能夠歷久不衰，不僅僅天馬行空、編撰幻想而已，背後還有更多警世意義。小朋友可以細細品味，讓想像力奔馳的同時，也想想作者想要表達的是什麼。

沈雅琪（神老師&神媽咪、長樂國小二十年資深熱血教師）

現在的孩子普遍閱讀量不足，書讀得不夠，相對文章就寫不出來，寫作技巧教再多都是枉然。為了要改善孩子寫作困難的問題，我開始每天留半個小時到一個小時的時間，讓孩子從少年雜誌、橋梁書開始閱讀，這段時間得要完全靜下來專注的閱讀。

目川文化精選這套書，有幾本是我們耳熟能詳的世界名著，可是很多孩子完全沒有接觸過。收到書的初稿時，孩子們一本又一本接續的把十本書統統讀完。**小孩的感受是最直接的，看他**

們對這套書愛不釋手，我就知道這是一套非常值得推薦的好書。

以下就是班上小朋友針對本書所寫的一篇心得，其他則收錄在各書：

杜立德先生是世上唯一可以與動物溝通對話的人。他原本是個幫人看病的醫生，但因發現了自己的才能（也就是能與動物交流的能力），在鸚鵡波利尼西亞的教導下，學會了各種動物的語言，開始為各種動物看病，所以他在動物界可說是家喻戶曉呢！

某次，醫生受邀到非洲幫助猴子治病，經歷了多種困境，終於治癒了集體受到感染的猴子家族。猴子們非常感激，因此送了杜立德醫生一隻雙頭動物「你推我拉」，醫生帶著猴子們贈予他的雙頭動物，在英國各地展覽後，獲得了不少錢財，不只還清了因收養動物而買糧食所欠下的大量負債，還有餘額可以讓他過上好一陣子。

《杜立德醫生歷險記》這本小說帶給我很大的啟發，就像在對我訴說：「每個人都有自己的優點，正如杜立德醫生一樣，他不僅能善用自己的優點，還能發揮所長。」每個人都有自己的亮點，我也一樣，目前看來我的文筆還算不錯，所以，這一次的「小任務」對我來說是個很棒的機會！最後我要跟大家說，這本書內容生動有趣，把每個故事情節描述得栩栩如生，相當引人入勝，看得出這是本別出心裁的小說，真的很推薦這一本書給大家！

（林禹彤 撰寫）

陳蓉驊（南新國小熱心閱讀推廣資深教師）

萬物皆有情

常常在新聞中看到捨命救主的狗兒、落下訣別淚水的老牛、見同伴死去而悲泣的驢群……一段段令人動容的畫面，告訴我們「萬物皆有情」的事實。想想，若能聽懂動物的語言，與動物情感交流，將是多麼美好的事啊！

還好，聽得懂動物語言的杜立德醫生為我們彌補了這個遺憾！他是位善良熱情又勇敢的人，他喜愛動物、照顧動物，也幫助動物，是個受到全世界動物崇敬的動物醫生。因為聽得懂動物說的話，他在遠赴非洲遭遇各種危險時，得到許多動物的幫助，幫他躲過追緝、尋找食物、逃出監獄、打敗強盜、找到失蹤的漁夫，最後還賺了錢，從此不再為錢煩惱。

想知道鸚鵡、小狗、老鼠、猴子、老鷹、海豚等各種動物，是如何發揮各自本能與專長，幫助杜立德醫生化解危機、解決難題嗎？請打開《杜立德醫生歷險記》，看完之後你將更認識人類的好朋友——有情動物。

劉美瑤（兒童文學作家、台東大學兒童文學研究所畢）

跨越種族、一視同仁的慈醫杜立德

「怪醫杜立德」系列故事是休．洛夫廷創作的幻想故事。敘述杜立德醫生喜愛動物勝過「上等人士」，也就是有錢有勢的上流階級。他寧願照顧無法帶來任何收益的動物，也不願為了多賺點錢而去討好上等人。他的理念與社會主流價值背道而馳，所以無法得到人們的認同，生意也因此每況愈下，從受人尊敬的聰明醫生變成一貧如洗、被指指點點的怪醫。

但是正因為杜立德擁有「一視同仁」、「不懷偏見」的慈愛，所以才能學會動物們的語言。而這個與動物溝通的不凡才能，也為他的人生帶來許多奇妙有趣的歷險經驗。

《杜立德醫生歷險記》是這個系列的第一本書，主要是描述他學會動物語言後，帶著小動物們出海至非洲治療猴子瘟疫的歷險故事。

這次的譯本與以往的版本最大的差異是，將休．洛夫廷原始版本中遭到非議的情節，加以改寫。例如在原來的版本中，黑人邦波王子希望醫生將他「整」成白人。新譯本則把邦波王子改成一個愛幻想、喜歡童話故事的孩子。這樣的改寫不僅讓故事變得更為周全、溫馨，也更符合休．洛夫廷一開始創作故事的發想。

休．洛夫廷在第一次世界大戰服役時，看到傷馬無法像傷兵一樣得到同等的救治，心中很不忍，因此才會創作出杜立德醫生的故事。他在故事裡頭藉由來看病的耕馬指出，人類以為動物不會抱怨，因此常常自以為是，以主觀想法診治動物，結果反倒給動物們帶來更多傷痛。耕馬的抱怨不僅可以做為醫生們的警語，也可以看作是給所有身懷權力的「上等人」的警惕：如果因為掌握「權力」而把自己當作是「救世主」，不僅無法拯救他人，反而會引發更多傷痛。

杜立德醫生雖然通曉動物語言而且醫術高明，但是他從未把自己當成救世主，總是先查明患者問題所在，給予對方真正需要的救治。這種站在對方立場思考，同理他人的「治療」，才能真正的療癒傷痛。**而這種不因自己掌握權力，就認為自己的所作所為都是對的，不分種族、不懷偏見的善意與正義，才能為我們帶來真正的和平與美好。**

游婷雅（台中古典音樂台閱讀推手節目主持人／閱讀理解教學講師）

跟著杜立德醫生傾聽動物的心聲，上天下海奇幻冒險

「在您父親的監獄裡，」鸚鵡說：「正關著一位偉大的魔法師。他的名字叫做約翰．杜立德。他通曉一切有關醫藥和魔法的知識，做過許多了不起的大事。並且，他還寫了許多有趣的童話故事，是我們童話精靈的好夥伴。可是您的父親卻把他關了起來，讓他受苦。勇敢的王子，請為他準備好一條可以離開這個海岸的船。等太陽下山之後，請您悄悄的去打開牢門，讓魔法師和他的那些動物們恢復自由吧！」

各位沉睡中的王子和公主們，你的童話魔法師是不是也被關進監牢裡了？快打開書本讓杜立德醫生和動物們恢復自由吧！一起跟著杜立德醫生上天下海，傾聽動物們的心聲，踏上奇幻未知的冒險旅程！

第一章　怪醫杜立德

很久很久以前——當我們的爺爺奶奶都還是小孩的時候，有一位知識淵博的醫學博士叫約翰．杜立德。醫學博士的意思，就是他懂得許多事情，是一位優秀的醫生。

杜立德醫生住在一個叫「沼澤」的小鎮上，鎮上的每一個人都認識他。無論什麼時候，只要看到他戴著那頂高高的帽子從街上走過，人們就會說：「瞧，那就是聰明的杜立德醫生！」狗和孩子都會跟在他後面跑，就連教堂塔樓上的烏鴉看到醫生時，也會呱呱地向他點頭打招呼。

而醫生呢？他總是笑瞇瞇的走著，路過糖果店的時候，他會進去買一把五顏六色的糖果，分給每一個孩子；或者，經過小鎮中心的小公園時，他會坐在大橡樹底下的長椅上，孩子們圍坐在他的四周，聽他眉飛色舞的講一些有趣的

故事。

杜立德醫生的家位在郊外，雖然是一間非常小的房子，但卻有一個非常大的花園。花園裡種著楊柳，還有一片大草坪，上面擺著石桌和石凳。他的姊姊名叫莎拉．杜立德，幫他管家，不過花園歸他自己管。

醫生特別喜歡動物，養了各種各樣的寵物——

花園的盡頭是一座池塘，裡面養著幾條金魚，牠們鎮日在水中搖頭擺尾，或是悠閒的曬著太陽，把腦袋探出水面，吐出一個個小泡泡。食品儲藏室裡養著兔子，不過牠從不偷吃那些看起來味道鮮美的胡蘿蔔。鋼琴裡住著小白鼠，牠們膽子很小，有時候不小心踩到鋼琴鍵上，發出「咚」的一聲，卻把自己嚇個半死。櫥櫃裡有一隻小松鼠，牠常常用自己鬆軟的尾巴幫助莎拉做一些清掃工作。地窖裡還養著一隻小刺蝟，整天慵懶地想睡覺。

除此之外，醫生養了一頭帶著小牛犢的母牛，一匹又老又瘸的馬——牠已經二十五歲了，還有一群小雞、一群鴿子、兩隻小羊，以及其他許許多多的動物。不過，他最喜愛的寵物要算鴨子達達、小狗吉普、小豬嘎布、鸚鵡波利尼西亞和貓頭鷹吐吐。

他姊姊經常發牢騷，埋怨這些動物把家裡弄得亂七八糟。有一天，一位患有風濕病的老太太來找醫生看病。老太太因為上了年紀眼睛有些花了，剛巧那天她忘了戴老花眼鏡。她進門後，直朝往那張她經常坐的沙發走去，醫生還沒來得及出聲阻止，老太太就一屁股坐上正在呼呼大睡的刺蝟身上。

只聽見粗啞的嗓音尖叫一聲，她張紅了臉，捂著屁股氣呼呼的走出醫生家。老太太年紀太大了跑不動，只能在嘴裡不停的嘀咕著：「天哪！天哪！太不像話了！」自從這次事件之後，這位老太太再也沒有上門，她寧可每週六坐車去一個離這兒十英里遠的牛鎮，找另一位醫生看病。

莎拉說：「約翰，你在家裡養了這麼多動物，還有誰會來找你看病呢？一個好醫生的家裡怎麼會滿是刺蝟和老鼠呢？老太太已經是被這些動物們趕走的第四個病人了！詹金斯法官和牧師先生都說，不管他們病得多重，都不會再靠近你的房子了！我們現在一天比一天窮，你要是繼續這樣，就再也不會有上等人士請你看病了！」

「但是我喜愛動物更勝那些『上等人士』呢！」醫生說。

「你真是個荒唐的人！」姊姊說完就走出了房間。

就這樣，日子一天天過去，杜立德醫生養的動物越來越多，而來找他看病的人卻越來越少。到最後，誰也不來了，醫生的病人只剩下一個賣貓食的商人。這個貓食商人沒什麼錢，一年只生一次病。他每次生病，拿一瓶藥水，付給醫生六便士。

即使在很久很久以前，東西還賣得很便宜的時代，只靠六便士維持一年的生活都是不可能的。要不是醫生還存了點錢，真不知道會發生什麼事呢！

但是醫生仍然一個勁兒的收養動物，不用說，給動物們買食物是要花費很多錢的。於是，他能存下來的錢就越來越少了。

後來，醫生賣掉了他的鋼琴，讓小白鼠住到一個書桌的抽屜裡，抽屜裡雖

然很黑，但是並不會突然發出聲響，這讓小白鼠們感到很安心。但是賣鋼琴所得的錢很快就花完了，他只好再賣掉那套漂亮的棕色西裝。

如今，當杜立德醫生戴著那頂高高的帽子走在街上時，人們就會交頭接耳的說：「瞧，那就是約翰・杜立德醫生！他在咱們這一帶曾經是最有名的醫生，可是，他現在卻是一貧如洗，襪子上滿是破洞呢！」

不過，小貓、小狗和孩子們，還是會跑過去，跟在醫生後面穿街過巷，就和他有錢的時候一樣。

有一天，貓食商人胃疼，來找醫生看病。看診結束後，他和醫生坐在廚房裡聊天：「我說，您為什麼不乾脆轉行當獸醫，專給動物們治病呢？」

鸚鵡波利尼西亞原本蹲在窗臺上，看著窗外的雨景，哼著一首水手的歌。這時，牠停止歌唱，豎起耳朵聽醫生和商人的對話。

「您瞧，醫生，」貓食商人繼續說：「您懂得那麼多動物的事情，比任何一個獸醫都強。您寫的那本關於貓的書——啊，實在是太棒了，真了不起！要不是因為我不識字，我也真想寫幾本。我妻子是位學者，她給我唸了您寫的書。沒話說，了不起！您知道貓兒們所有的想法，好像您自己就是一隻貓。您聽我的，給動物看病吧！這樣一定能賺大錢。我可以讓那些家裡有病貓、病狗的老太太都來找您。要是牠們最近沒什麼病痛，我可以在賣給牠們吃的貓食裡摻些東西，讓牠們鬧鬧肚子，明白嗎？」

「不行！」醫生說：「千萬不要那麼做，那是不對的。」

「我不是真的要弄得牠們不舒服。」貓食商人回答說：「我的意思是讓牠們看起來無精打采一些。不過您說得對，這麼做對動物們確實是有點兒不公平。可是牠們總是會生病的，因為那些老太太成天把牠們餵得太飽。再說，這附近的農夫們，有些人的馬瘸腿，有些人的羊生病，基本上都會來找您診治，您就當個獸醫吧！」

貓食商人離開後，鸚鵡從窗口飛到醫生的桌子上，說：「那個人說的話有道理，你應該按照他說的做，當一個獸醫吧！別管那些愚蠢的人了，他們不懂得賞識你這位世上最好的醫生。你還是幫動物們看病吧！大家一定很快就會知道你的本事。」

「可是，已經有不少獸醫了。」杜立德醫生一邊說，一邊把花盆放到窗外淋雨。

「的確，獸醫確實是不少，」波利尼西亞說：「但是沒一個好的。醫生，你聽我說，我告訴你一些事。你知道動物會說話嗎？」

「我知道鸚鵡會說話。」醫生說。

「我們鸚鵡會說兩種語言：人類的語言和鳥語。」波利尼西亞自豪地說：「如果我說『波利要吃餅乾』，你就聽得懂，但是如果我說『喀——喀，哎——咿，啡——啡』呢？」

「咦！」醫生吃驚的問：「那是什麼意思啊？」

「這是鳥語，意思是『粥還熱嗎？』。」

「哎呀！真的嗎？」醫生說：「可是你從來沒有用過這樣的語言說話。」

「說了又有什麼用呢？」波利尼西亞一邊撣掉她左邊翅膀上的餅乾屑一邊問：「你聽得懂嗎？」

「再跟我多講一些吧！」醫生興奮極了，他衝到餐櫃邊，從抽屜裡拿出記事本和一支鉛筆，「現在開始吧！可別說得太快，我得把你說的東西都記錄下來。太有趣了！這可是件新鮮事，先從鳥語的基礎慢慢開始吧！好，請說吧！」

就這樣，杜立德醫生漸漸瞭解到動物也有自己

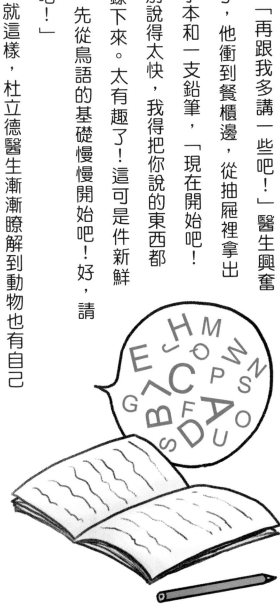

的語言，可以彼此交談。那一天的整個下午，波利尼西亞一直蹲在廚房的桌子上，向醫生傳授著鳥語的詞彙，讓他寫在記事本上。

下午茶時間，小狗吉普走進來，鸚鵡對醫生說：「瞧！他在跟你說話呢！」

「他好像是一邊看著我，一邊搔搔自己的耳朵。」醫生說。

「**動物們並不只是用嘴巴來說話，**」波利尼西亞說道：「**耳朵、腳、尾巴——什麼都可以用來說話。**有的時候他們是不想發出聲音，免得太過吵鬧。你看，吉普的鼻子正在動呢！」

「那是什麼意思呢？」醫生問道。

「意思是『你沒看見雨已經停了嗎？』」波利尼西亞回答：「他是在問你問題。狗總是用鼻子來問問題的。」

第二章　聽懂動物說話

在鸚鵡的幫助下，杜立德醫生學會了動物的語言。他漸漸能夠和動物們談話，並且聽懂他們在說些什麼。漸漸的，他便完全放棄了幫人類看病的工作。

貓食商人向大家宣布杜立德醫生要改行當獸醫的消息。一聽到這個新聞，老太太們很快就帶著她們的小哈巴狗和捲毛狗來找醫生看病。這些饞嘴的小傢伙其實也沒生什麼大病，只是管不住自己的嘴巴，吃了太多糕點撐著了。農夫們也從遙遠的地方牽來他們的牛和羊，請醫生治病。

有一天，一位農夫帶來一匹耕田的馬。馬兒得知醫生會說馬語，高興極了。

「醫生，你知道嗎？住在山那邊的獸醫根本什麼都不懂。他花了六個星期幫我看診，說我得了關節炎。其實我需要的是一副眼鏡，我的一隻眼睛都快看不見了！馬為什麼就不能像人一樣戴眼鏡呢？可是那個蒙古大夫，連看都沒看

一下我的眼睛，只知道餵我吃大顆藥丸。我總是想告訴他，可是他聽不懂馬語，一點兒都不明白我只是需要一副眼鏡。」馬兒抱怨道。

「當然，沒問題，」醫生說：「我馬上幫你配副眼鏡。」

「我想要一副綠色鏡片的眼鏡，」馬說：「這樣一來，我在烈日下犁田耕地的時候，眼睛就不會被陽光刺痛了。」

「沒錯，」醫生說：「我就幫你做一副綠色鏡片的眼鏡。」

「最大的問題在於，」當醫生打開前門要送馬出去的時候，馬說：「任何人都可以當獸醫，只因為動物不會抱怨。其實要做一個真正的好獸醫，比起當一個幫人看病的好醫生，需要聰明許多。我那主人的男孩自以為對馬兒無所不知，我真希望你能見見他。他胖得都快看不見眼睛了，腦袋裡卻沒有一點知識。上星期他想把一帖辣椒膏貼到我身上。」

「他貼哪兒了？」醫生問道。

「他哪兒也沒貼成。」馬兒說：「我一腳把他給踢到鴨子池塘裡去了。」

「喔！天哪！」醫生叫道。

「按理說，我們馬兒是非常溫順的動物。」馬兒說：「我們對人有耐心，也不喜歡大吵大鬧。可是碰到給我亂開藥的獸醫，那就太可惡了！他居然還想拿我尋開心，真是忍無可忍。」

「你把那孩子踢傷了嗎？」醫生問道。

「那倒沒有。」馬兒說：「我挑了不礙事的地方踢的，現在那獸醫正在幫他治療。對了！我的眼鏡什麼時候可以配好呢？」

「得下個星期。」醫生說：「下個星期二再來吧！再見！」

杜立德醫生幫馬兒配了一副又大又漂亮的綠色鏡片眼鏡。那匹耕馬再也不用靠一隻眼睛走路，看東西也和以前一樣清楚了。

不久以後，在「沼澤鎮」以及附近的鄉村中，農場動物戴眼鏡已經不是稀奇的事了！

所有來讓杜立德醫生看病的動物都是這樣，他們一發現醫生會講動物的語言，馬上能告訴他自己不舒服的地方，這樣醫生給動物們治病就容易多了。

沒過多久，杜立德醫生在動物世界出了名。那些被醫生治好病的動物們到處宣傳這個訊息：那間有著大花園的小房子裡住著一位醫生，他可是一位真正的獸醫，能夠聽懂動物的語言，什麼病都能治好。

於是，不管是什麼動物——甚至包括田鼠、蝙蝠、獾等，一生病就到醫生的家裡來，因此他的花園裡總是擠滿了等待看病的動物們。

來看病的動物實在太多了，醫生只好給不同種類的動物設置不同的入口。他在前門寫上「馬」，在邊門寫上「牛」，在廚房門寫上「羊」。每種動物都有各自的門，醫生甚至為老鼠修了一條通往地窖的小隧道，牠們耐心地在隧道裡排隊，等待醫生給牠們看病。

就這樣，不出幾年，住在遠方的動物們也知道了約翰．杜立德醫生的大名。

那些飛到別的國家過冬的鳥兒告訴外國的動物：「『沼澤鎮』有一位了不起的醫生，他通曉動物的語言，能治好大家的病。」而杜立德醫生感到很滿足，日子過得充實愉快。

一天下午，醫生正忙著寫一本書，波利尼西亞像往常一樣蹲在窗口，看著窗外的樹葉隨風飄舞。突然，她哈哈大笑起來。

「怎麼了嗎？波利尼西亞？」醫生停筆，抬起頭問道。

「我在思考。」鸚鵡一邊說，一邊繼續看著落葉。

「思考些什麼呢？」

「人類。」波利尼西亞說：「人類真是自以為了不起。從人類出現至今已經過了好幾千年，對吧？可是人類唯一學會的動物語言，只有狗『搖尾巴』表示『我高興』。真可笑，不是嗎？你是有史以來，第一個像我們這樣說話的人。唉！我們實在拿人類沒辦法，他們自以為是，說我們是『不會說話的動物』。不會說話！哼！我認識的一隻金剛鸚鵡，牠會用七種不同的方式說『早安』，而不用張口，牠會說每一種語言，連希臘語也難不倒牠。一位留著白鬍子的老教授把牠買回家，可是牠後來逃跑了。牠說那教授的希臘語說得不標準，整天聽他教人錯誤的語言讓牠受不了。我常常想，不知道牠現在怎麼樣了。那隻鳥兒精通地理，比人知道得還要多。人類，天哪！我猜如果人類學會了飛——就像那些麻雀——還真不知道人們會神氣成什麼樣呢？」

「你真是一隻聰明的老鸚鵡，」醫生問：「你到底幾歲了呢？我聽說鸚鵡和大象都能活很長很長的時間。」

「我永遠不能準確說出自己的歲數，」波利尼西亞說：「也許是一百八十三歲，也許是一百八十二歲吧？不過我還記得，我第一次從故鄉非洲來到這裡的時候，我看見查理斯國王躲在一棵橡樹上，他看起來害怕得要命。」

醫生又開始賺錢了，而他姊姊莎拉也可以買一套新衣裙，她覺得十分高興。但是，過沒多久，問題就出現了：有些來看醫生的動物病得非常嚴重，得待在醫生家裡療養。很多時候，這些動物即使痊癒了，也不願離開，就坐在大草坪的石椅子上，因為他們太喜歡醫生和他的家了。每當他們詢問醫生是否可以住下來時，醫生總是不忍心拒絕他們。這樣一來，家裡的動物變得越來越多。

有一回，醫生坐在花園的牆頭抽著煙，一個在街頭拉手風琴的義大利人帶著一隻猴子路過醫生的花園。醫生注意到，猴子的項圈太緊，身上也很髒，一點兒也不快活。於是，醫生給義大利人一先令，把猴子抱過來之後，便要求他立刻離開。

那位義大利人有些惱羞成怒，說他不賣了，要把猴子留在身邊。可是醫生告訴他，如果他再不走，就要往他的鼻子狠狠的揍上一拳。醫生雖然個子不高，但長得很結實，所以那個義大利人只好邊罵邊跑了。其他的動物給這隻猴子取了個名字叫「奇奇」，奇奇快樂的住了下來。

又有一回，鎮上來了一個馬戲團。馬戲團裡的一隻鱷魚牙疼得厲害，就在半夜裡跑出來找醫生看病。醫生用鱷魚的語言和他談話，知道了問題所在，很快便治好了他的牙疼。但是，鱷魚覺得醫生的家溫暖舒適，他也想留下來。他想住在花園角落的池塘裡，並且保證不會吃裡面的魚。

當馬戲團的人來帶鱷魚回去時，他表現得非常兇悍，把他們都嚇跑了。不過面對家裡的其他動物時，他總是溫順得像隻小貓咪。

可是，自從鱷魚來了之後，老太太們就不敢帶著寵物狗來看病，農夫們也擔心鱷魚會吃掉自己的小牛和小羊。於是，醫生只好告訴鱷魚，他必須回到馬戲團。一聽到這話，鱷魚就哭了，流下大顆的眼淚，懇求醫生讓他留下。醫生實在不忍心把他趕走，只好讓他留下來。

醫生的姊姊莎拉生氣極了，她說：「約翰，你必須馬上把那個大傢伙弄走。我們的日子才剛開始好過一點，難道就要毀在這條鱷魚身上了嗎？農夫們和老太太們都不敢把他們的動物帶到這裡來看病，我們就要喝西北風了，這真叫人

難以忍受。如果你再不把那吃人的短吻鱷送走，這個家我可就不管了。」

「他不吃人。」醫生說：「他是一條好鱷魚。」

「我才不管他跟你說什麼，」姊姊說：「他太噁心了！還爬到床底下去。我不許你把他養在家裡。」

「他跟我保證不會傷害任何人，他會管好自己的。」醫生回答說：「他不喜歡馬戲團，我也沒有錢送他回非洲。他在這裡的表現很好，你不要大驚小怪好嗎？」

「我告訴你，我絕不允許他待在這裡。」莎拉說：「他還啃地毯呢！如果你不馬上打發他走，我就走。我……我……我這就去嫁人了！」

「好，你去嫁人吧！」醫生說：「這我阻止不了你。」說完，他摘下帽子，到花園裡去了。於是，莎拉收拾好自己的東西，便離開了。

從此，家裡只剩下醫生一個人，還有他那一大家子的動物。

第三章　非洲來的口信

很快的，杜立德醫生又沒錢了，甚至比從前更窮困。有那麼多張嘴等著要吃飯，家務要人料理，房子也得找人維修，沒有收入來支付肉店的帳單，日子開始過得非常艱苦了。可是醫生一點兒也不擔心。

「錢可不是個好東西。」他常常說：「如果錢沒有被發明出來，我們大家的日子一定會過得更好。只要我們開心，沒錢又有什麼關係呢？」

可是，漸漸的，動物們也開始擔心了。他們都希望能夠為醫生做點什麼。一天晚上，趁著醫生休息的時候，他們討論了起來：貓頭鷹吐吐的算術最好，算出剩下的錢只夠他們用一個星期了——而且是每天只能吃一餐。

於是，鸚鵡便提議道：「我認為我們應該幫忙分擔家務，至少這些是我們可以做到的。畢竟，醫生還不是為了我們才弄成這個樣子的。」他們商量了一

下，決定由猴子奇奇做飯和縫補衣服，小狗吉普掃地，鴨子達達撣灰塵和收拾床鋪，貓頭鷹吐吐負責管帳，小豬嘎布收拾花園。然後，大家推選最年長的鸚鵡波利尼西亞來做管家，同時負責洗衣服。

一開始，除了奇奇之外，大家都覺得自己的新工作很困難。因為奇奇有一雙手，可以和人一樣工作。不過，沒過多久，其他動物也都能夠好好完成自己被分配到的家務，而且很上手。

鴨子達達每天都把家裡的灰塵撣出去，把床鋪收拾得整齊；貓頭鷹吐吐把每一筆帳——當然是賺得少，花得多——都仔細的記錄在帳本上；小豬嘎布雖然手腳笨了些，但是花園裡的雜草通通被他啃乾淨了，他的鼻子上總是沾滿泥巴；小狗吉普在尾巴上綁了一塊破布當掃帚掃地。大家都覺得好玩極了，而醫生亦誇獎說他家裡從來沒有這麼乾淨整潔過。

日子也就這樣太平了一陣子，然而沒有錢終究是不行。後來，動物們便在花園門口擺了一個賣蔬菜和鮮花的攤子，向路人兜售蘿蔔和玫瑰花。每天清晨，大夥兒就在花園裡忙碌，奇奇有雙巧手，他輕輕地剪下玫瑰花，以免傷了那些還沒有綻放的嬌嫩花蕾；小狗吉普和小豬嘎布負責把蘿蔔從泥地裡拔出來；鸚鵡波利尼西亞負責叫賣，她天生就有一副好嗓子；貓頭鷹吐吐當然還是管帳，他一絲不苟的樣子就好像一個經驗豐富的帳房先生。

可是，他們依然沒辦法賺到足夠的錢來支付所有帳單——不過醫生還是不著急。當鸚鵡告訴他說，賣魚的不再給他們送來鮮魚時，他卻說：「不要緊，不要緊。只要母雞還能下蛋，母牛還能供應牛奶，我們就可以吃煎雞蛋和乾酪，還能變些花樣做個杯子蛋糕，花園裡也有蔬菜。離冬天還早著呢！親愛的波利尼西亞，你可別和莎拉一樣大驚小怪。唉！不知道莎拉現在怎麼樣了？從某些方面來說，她是一個非常好的女人。」

然而，那一年的冬天來得特別早。雖然瘸腿的老馬從鎮外的樹林裡拉回了足夠多的木柴，他們可以在廚房裡生起很旺的爐火，可是花園裡的蔬菜大部分已經被賣掉或吃掉，剩下的一些也被雪埋了。許多動物真的開始餓肚子了。

十二月的一天夜裡，大夥兒都圍坐在暖烘烘的火爐旁，聽醫生讀著一本他用動物語言寫的書。貓頭鷹吐吐突然說：「噓！外面是什麼聲音？」

大夥兒一瞬間全都安靜了下來，豎起耳朵認真的聽著，還真的聽見了奔跑聲。門一下子就被推開了，猴子奇奇上氣不接下氣的跑了進來。

「醫生！」他叫道：「我剛接到一個非洲表哥的口信，說那裡的猴子都得了一種非常可怕的傳染病，已經有成千上百隻猴子染病死了，他們聽說過您，希望您能去非洲，阻止這場疫情。」

「是誰捎來了這個口信？」醫生一邊摘下眼鏡，一邊放下書本問道。

「一隻燕子，」奇奇說：「她現在就在外面的屋簷上呢！」

「快讓她進來，取取暖。她一定凍壞了。」醫生說：「按理說，燕子們早在一週前就該飛往南方過冬了。」

燕子被帶了進來，她緊緊縮成一團，不停地打著哆嗦，身體上的黑白羽毛亂糟糟的。不過，沒多久，她就暖和了起來，用嘴梳理她的羽毛，然後站在壁爐臺上和大家說話。

等她說完，醫生說：「我很樂意去非洲——尤其是在這樣寒冷的天氣裡。但是，我恐怕沒有足夠的錢買船票。奇奇，去把我的錢箱拿來。」

奇奇爬到櫥櫃頂上，拿下那個舊錢箱。箱子裡空空如也，什麼也沒有。

「我明明記得裡面還有兩便士的銀幣呀！」醫生說。

「本來是有的，」貓頭鷹說：「可是在獾的小寶寶長牙的時候，你拿去給獾寶寶買搖鈴了。」

「是嗎？」醫生樂觀的說：「天哪！瞧我這壞記性！說真的，錢真是個討人厭的東西。好吧！沒關係。說不定我能借到一艘船，自己開船去非洲。我認識一個水手，他的孩子出麻疹時是我治好的，看在以往的面子上，也許他肯把船借給我。」

第二天一大早，醫生就到海邊去了。回來的時候，他告訴動物們，水手答應把船借給他們；鱷魚、猴子和鸚鵡聽到後都感到非常高興，甚至唱起歌來，因為他們就要回到真正的家鄉——非洲去了！

醫生說：「我只能帶你們三個，還有小狗吉普、鴨子達達、小豬嘎布和貓頭鷹吐吐。松鼠、河鼠還有蝙蝠，都得暫時回到田野裡去，住在你們從前居住的地方，等我們從非洲回來後再搬回來。而其他的動物大部分都要冬眠，所以，他們應該不會太介意吧？何況，去非洲對大家來說也沒有什麼好處。」

鸚鵡曾經歷過漫長的海上旅行，於是，牠告訴醫生需要帶大量的硬麵包和牛肉罐頭。

「除此之外，你還需要一個鐘。」波利尼西亞說。

「為什麼需要它呢？」醫生問道。

「拿來報時啊！」鸚鵡說：「那樣就能知道時間了；而且，還要帶許多纜繩──在航行的時候得抓著纜繩才行。」

接著大夥兒開始考慮該上哪兒籌錢，買他們需要的東西。

「真是傷腦筋！又是錢！」醫生叫道：「天哪！真高興我們要去非洲了，在那兒可不需要花錢。我去求求雜貨店老闆，看他肯不肯賒些東西給我們，回來後再把錢還給他。不！我還是請那個水手去拜託他比較好。」

於是，水手替醫生去找雜貨店老闆，他很快就帶回了大夥兒需要的所有東西。接著，他們收拾好行李，並且關閉水源，以免水管結冰。他們關上百葉窗、鎖上門，把鑰匙交給住在馬廄裡的老馬。馬廄裡有許多乾草，足夠老馬過冬了。然後，他們把所有的行李都搬到停靠在海邊的船上。

貓食商人還到海邊為醫生和動物們送行，他帶了一個巨大的鹹布丁送給他們。因為他聽說在外國是吃不到鹹布丁的。

一上船，小豬嘎布就四處尋找睡床，因為這個時間點正好是他的午覺時間。波利尼西亞帶他走下樓梯，來到下面的船艙裡，把床指給他看。只見許多小床像書架一樣一層一層地安裝在牆上。

「哎呀！這不是床呀！」嘎布叫道：「這是架子嘛！」

見多識廣的波利尼西亞解釋道：「這可不是架子，船上的床就是這個樣子，這就是所謂的『疊鋪』。」

「我還是過一會兒再睡吧！」嘎布說：「我太興奮了，我還想去看看他們是怎麼開船的。」

「好吧！這是你的第一次旅行。」波利尼西亞說：「過幾天你就會習慣的。」說完，她回到甲板上，嘴裡哼起了一首歌：

我曾見過黑海和紅海，
也繞過白島，
發現了黃河，
還在夜間發現橘黃的河。
綠島已經看不見了！
如今在藍色海洋上航行。
對這些五顏六色我已經厭煩了，
所以，珍，我就要回到你身邊。

大家即將出航，醫生突然說他得回去問問水手，到非洲去的路該怎麼走；不過，後來因燕子說牠曾經去過非洲很多次，所以牠可以帶路。就這樣，杜立德醫生叫奇奇拉起船錨，他們起航了。

第四章　覲見喬立肯金國王

他們在波濤洶湧的大海上，跟著飛在前方引路的燕子，整整航行了六個禮拜。夜裡，燕子叼著一盞小燈，免得大家在黑暗中看不到她；其他經過的船隻，上面的人們看見過後，都以為他們看到了一顆流星。

他們一路向著南方航行，天氣越來越暖和。波利尼西亞、奇奇和鱷魚都盡情地享受溫暖的陽光。他們一會兒仰臥在甲板上，一邊喝著橘子汁，一邊說著俏皮話；一會兒又在甲板上跑來跑去，朝船舷外眺望著，看看是不是快到非洲大陸了，開心得不得了。可是小豬嘎布、小狗吉普和貓頭鷹吐吐卻沒那麼舒服，他們還不適應這樣炎熱的天氣，什麼事都做不了，只能躲在船尾一個大酒桶的陰影下，吐著舌頭，不停地喝檸檬水。

鴨子達達為了保持涼爽，索性跳到水裡，跟在船後面游泳。頭頂太熱了，

她就不時潛到船底下去，再從另一邊鑽出來。用這個辦法，她還能叼到一些鯡魚，讓大家在星期二和星期五吃。這樣，還可以省下牛肉罐頭。

快接近赤道的時候，一群飛魚朝著他們滑翔而來，飛魚問鸚鵡，這是不是杜立德醫生的船，鸚鵡告訴他們正是。飛魚們非常高興，因為非洲的猴子們正心急如焚，擔心醫生不來了。鸚鵡問他們還得走多遠，飛魚說距離非洲海岸只有五十海哩。

接著，又有一群跳躍著的海豚破浪而來。海豚們問波利尼西亞這是不是那位著名醫生的船。一聽到鸚鵡說是，他們就問醫生在航行中是不是還需要些什麼。

波利尼西亞說：「是的，來點兒洋蔥就好了。」

「離這兒不遠處有個島。」海豚們說：「島上的野生洋蔥長得又高又大。你們儘管繼續往前航行，我們會幫你們找些洋蔥過來。」

那些海豚說完就迅速地游走了。不一會兒，鸚鵡就看到他們從後面追趕上來，他們用海草做成一張大網，裝著洋蔥，在海浪間拖曳而來。

隔天傍晚，太陽下山時，醫生說：「奇奇，把望遠鏡給我。」醫生一邊透過望遠鏡張望著，一邊說：「我們的海上航行馬上就要結束，很快就能看見非洲海岸了。」

大約過了半小時，大夥兒看到好像有什麼東西就在眼前，似乎是陸地。可是天色實在太暗，他們也不確定。就在這時候，暴風雨夾著雷聲和閃電突然來襲，一時之間，閃電雷鳴，狂風大作，雨滴像豆子似地掉落；海浪高高捲起，洶湧地朝船頭打來。緊接著，「轟隆」一聲巨響，船身向其中一側傾倒。

「出了什麼事？」醫生從船艙跑上來，問道。

「現在還不確定，」鸚鵡回答：「我們的船好像撞上什麼了，快叫達達去看看吧！」

於是鴨子達達潛到船底下去查看。她上來後告訴大家，這艘船撞上了一塊巨大的礁石，船底被撞出了一個大窟窿，海水正滲進來，船就快要沉了。

「我們一定是撞上非洲大陸啦！」醫生說，「天哪！大家趕緊游到岸上去吧！」可是奇奇和嘎布不會游泳。

聰明的鸚鵡波利尼西亞想到一個好主意，她叫鴨子達達叼住纜繩的一頭，游到岸上去，把繩子繫在棕櫚樹上，然後又指揮動物們在船上拉住纜繩的另一端。這麼一來，奇奇和嘎布就可以順著纜繩到陸地上了。接著，其餘的動物也上岸了，有的游過去，有的飛過去，還有的學著奇奇和嘎布，帶著醫生的藥箱和手提袋順著纜繩爬過去。

終於，大家都順利脫險。可是船卻毀了，洶湧的波濤把船推向岩石撞成碎片，沒多久，海水又把那些碎片都捲走了。

大夥兒在高聳的懸崖上找到一個乾燥的山洞，便躲在裡面等待暴風雨過去。

隔天一大早，太陽出來，他們就到下面沙灘上，把身上的東西曬乾。

「親愛的非洲！我回來了！」波利尼西亞感歎道：「真巧，到明天，就是我離開非洲的第一百六十九年啦！這兒真是一點都沒變——一樣的老棕櫚樹，一樣的紅土地，一樣的黑螞蟻。哪兒都比不上自己的家鄉好！」波利尼西亞熱淚盈眶，回到闊別多年的家鄉，她真是太高興了。

醫生發現自己弄丟了那頂高帽子，它在暴風雨中被吹到海裡去了。於是，鴨子達達就游到海裡去找帽子。她看見那頂高帽子在遠處一沉一浮的，就像一艘玩具小船。當她游過去，準備把帽子推回岸上的時候，發現小白鼠正蹲在帽子裡瑟瑟發抖。

「你怎麼會在這裡呢？」鴨子問道：「不是叫你待在『沼澤鎮』嗎？」

「我不想被大家丟下，」小白鼠說：「我也有親戚住在這兒，他常常寄信來，跟我講一些非洲好吃的、好玩的和好看的東西，

讓我好想到非洲看看。所以我就躲在行李中，待在硬麵包堆裡。船沉的時候真把我嚇壞了！我不太會游泳，雖然拚命游了一會兒，可是沒過多久就累得受不了，感覺一直往下沉，以為自己要淹死了。就在這時候，高帽子正好漂過來，我就趕緊跳進去，總算撿回一條命。」

然後，鴨子推著帽子，連同小白鼠一起帶回岸上，大夥兒都圍上來。

「這就是所謂的『偷渡客』。」鸚鵡說。

正當大家想在醫生的手提袋裡找個地方，好讓小白鼠休息時，猴子奇奇突然說：「噓！我好像聽到叢林裡有腳步聲。」大家立刻安靜下來，豎起耳朵仔細聆聽四周的動靜。

不一會兒，一個膚色黝黑的人從樹林裡走出來，他問醫生在這裡做什麼。

「我是約翰・杜立德，是一位醫學博士，」醫生說：「我是被請來幫猴子們治病的。」

「那你們都得先去見一見國王。」黑人說。

「什麼國王？」醫生問。他不想覲見國王，只想趕緊給猴子們治病。

「這裡的土地都屬於喬立肯金國王。所有外地人都必須去見他。走吧！」那黑人說。杜立德醫生和動物們只好尾隨著那個人前去覲見國王。

他們穿越濃密的森林，沒過多久，就來到一片開闊的林間空地，看到一座用泥巴砌蓋成的王宮。宮殿裡，住著國王和愛蜜朵德王后，以及他們的兒子邦波王子。現在，王子去河邊釣鮭魚了，而國王和王后坐在王宮門前的一頂大陽傘下，王后正在打盹兒。

醫生一行人來到王宮前覲見國王，國王問他來此處的目的，因此，醫生把來非洲的目的又重新敘述了一遍。

「我不允許你踏上我的領土。」國王說：「很多年以前，有一位白人來到這裡，我好心好意的接待他。可是，他卻在地上到處挖洞找黃金，還殺死了許多大象，並拿走了象牙，然後悄悄地乘船離開——連一聲謝謝也不說。從此，我喬立肯金王國的領土，再也不允許讓任何一個白人經過。」

國王隨即轉身對幾個站在他身後的士兵說：「把這個賣藥的，還有他這群動物都押下去，關在最堅固的監獄裡。」於是，國王的六個士兵把醫生和動物們帶到一座用石頭砌成的地牢裡鎖了起來。

這個地牢又濕又潮，散發著一股奇怪的味道，牆壁上不時有或大或小的蟲子爬過，嚇得小豬嘎布一陣雞皮疙瘩。地牢只有一扇很小的窗戶，開在高處，窗戶上還裝著鐵柵欄，牢門又堅固又厚重。

大夥兒心裡都很難過，小豬嘎布甚至哭了起來，他覺得委屈極了，抱怨著第一次出門旅行，結果卻遇上暴風雨；好不容易來到非洲，還沒吃到好吃的水果，就讓一個莫名其妙的國王給關了起來。他一邊哭一邊亂叫，直到猴子奇奇嚷著說，如果他再哭就要打他屁股，小豬才安靜下來。

「大家都在這裡嗎？」適應了牢裡昏暗的光線後，醫生問道。

「我想，應該是的。」鴨子說完，就開始點名。

「波利尼西亞去哪兒了？」鱷魚說：「她不在這裡。」

「是嗎？」醫生說：「再找找看。波利尼西亞！波利尼西亞！你在哪兒？」

「我猜她是偷偷跑掉了，」鱷魚咕噥道：「哼！牠就是這個樣子。看見朋友有難，就只顧自己潛入叢林。」

「我才不是那種鳥！」鸚鵡從醫生的燕尾服口袋裡鑽了出來，說道：「我個子小能夠穿過窗櫺，但我怕他們會把我關在籠子裡，就趁著國王說話的時候，鑽進醫生的口袋裡。這就是人們常說的『謀略』。」她一邊說，一邊用嘴梳理羽毛。梳理完畢後，她接著說：「現在，大家聽我說。等到天黑後，我就從窗櫺間溜出去，飛到王宮裡。我一定會想辦法，讓國王把大家都放出去。」

「噢！你又能做些什麼呢？」小豬嘎布說完，翹起鼻子，再一次掉淚，「你不過就是一隻鳥啊！」

「沒錯，」波利尼西亞說：「儘管我只是一隻鳥，但別忘了，我會說人話，而且我非常了解非洲人。」

第五章　猴子們搭橋

夜裡，當月光透過棕櫚樹照下來，國王和他所有的手下都睡著的時候，鸚鵡從地牢窗櫺間鑽出去，一路飛往國王的宮殿。王宮食品儲藏室的窗戶剛好在上星期被一個網球打破了，波利尼西亞就從這個洞裡飛了進去。

波利尼西亞聽見邦波王子在他的臥室裡打呼，於是她安靜地飛上樓，來到國王的臥室前，輕輕推開門，往裡面偷偷瞄了一眼。王后不在，她去她表姐那兒參加舞會了，只有國王在臥室裡睡得香甜。

波利尼西亞小心翼翼地爬到床底下，然後學著杜立德醫生平時的方式咳嗽了一聲，鸚鵡們向來善於模仿任何人的聲音。國王以為是王后回來了，睜開眼睛，迷迷糊糊地問：「親愛的，你回來啦？」

鸚鵡又咳了一聲，比先前那聲更響亮，明顯是男人的聲音。國王瞬間清醒，

猛然坐了起來，問道：「誰？」

「杜立德醫生。」鸚鵡說，那說話的樣子就像是杜立德醫生。

「你到我的臥室裡來幹什麼？」國王大聲的斥責：「你怎麼從監獄裡逃脫的？你在哪兒？我看不見你。」

波利尼西亞什麼也沒說，只是笑一笑，緩慢冷靜又開懷地笑，彷彿醫生的模樣。

「不准笑！立刻到我面前來！」國王命令。

「愚蠢的國王！」波利尼西亞回答：「你大概忘了你正在跟醫學博士約翰・杜立德說話吧？我可是世界上最了不起的人，你當然看不見我，因為我隱身了。聽著，我今晚來就是要給你一個警告。如果你不讓我和我的動物朋友們經過你的國土，我就要

讓你和你所有的百姓都像那些猴子一樣生病。你知道的，我既能給人治病，當然也能讓人得病。要做到這件事，對我來說是再容易不過了，只需動動我的小指就成。你馬上派人去打開監獄的門，不然明天太陽升起時，你就會患上流行性腮腺炎。」

國王聽完，頓時嚇壞了！「醫生，」他叫道：「一切都按您說的辦！千萬別動您的小指！」說完，他立刻跳下床，跑去叫士兵打開監獄的門。他一走，波利尼西亞就悄悄地下樓，又從食品儲藏室的破窗戶飛了出去。

這時，王后正好從舞會回來。她拿著鑰匙打開王宮後門，正好看見一隻鸚鵡從食品儲藏室飛出去。

等國王吩咐過士兵，回到臥室，王后把她看到的告訴了他。國王這才知道自己上當，氣得大發雷霆，連忙趕到監獄。但是，他最終還是晚了一步，牢門早已被打開，裡面空空如也，醫生和他的動物朋友們早已遠走高飛。

國王頓時惱羞成怒，氣到咬牙切齒地痛罵所有人都是笨蛋，還拿牙刷往飼養在王宮裡的貓身上扔。他穿著長長的睡袍到處跑，把所有的士兵都叫醒，命令他們立刻到叢林裡去追捕杜立德醫生。他還指使宮裡的僕人、廚師、園丁、理髮師，甚至是邦波王子的家庭教師，全都參加追捕。最後，就連剛參加完舞會，疲憊不堪的王后也不得不出門幫忙搜索，這是她這輩子第一次看到丈夫發這麼大的脾氣。

這時候，醫生和動物們正以最快的速度穿過森林，朝著猴子國飛奔。小豬嘎布的腿短，一會兒他就跑累了，醫生只好抱著他走，可是還得拿著藥箱和手提包，真是手忙腳亂。

喬立肯金國王原以為他的士兵很快就可以抓住醫生，因為他認為醫生在這陌生的地方，一定會迷路。但是，他錯了！猴子奇奇對叢林裡所有的道路都瞭若指掌，甚至比國王的手下還要清楚。奇奇帶著大夥兒來到森林最茂密的地方，還從來沒有任何人類來過這裡呢！他讓大家躲在聳立於岩石之間的一棵空心大樹裡。

「我們最好在這裡等著。」奇奇說：「等那些士兵回去睡覺後，我們再動身去猴子國。」就這樣，大家在那裡待了整整一夜。

夜裡，四周不斷傳來士兵們搜索和說話的聲音，但是他們很安全。因為，除了奇奇之外，沒有人知道這個藏身之處，連其他猴子也不知道。

清晨的時候，他們終於聽到王后十分疲倦的聲音，說再怎麼費勁找也是白搭，還是回去睡覺好了。不僅是王后，國王的僕人、廚師、園丁、理髮師，還有那位白髮蒼蒼的家庭教師都累得說不出話來了。國王那些身強力壯的士兵們也因為一夜沒睡，各個顯得沒精打采。聽到王后的話，他們全都暗暗高興，想著終於可以休息了。

等國王人馬一走，奇奇就帶著醫生和動物們從藏身處鑽出，朝猴子國出發。

這是一條漫長的道路，大夥兒走著走著都累得抬不起腿——尤其是小豬嘎布。不過，每次他哭喊著走不動時，大家就餵他喝椰子汁。甘甜的椰子汁很清涼，嘎布非常喜歡，他一喝就不鬧脾氣了。

奇奇和波利尼西亞都是叢林生活的老手，他們倆認識每一種在叢林裡生長的水果和蔬菜，並且知道該上哪兒去採摘——例如椰棗、無花果、花生、薑和根莖類植物等。他們也常常拿野生的柑橘類水果，再加上從空心大樹裡掏來的蜂蜜，調配出甜美果汁來。

不管大家要什麼，奇奇和波利尼西亞似乎總能幫他們找到——或至少是類似的東西。有一天，他們甚至替醫生弄來了一些煙草，剛好醫生的煙草抽完了，他正想抽煙。

晚上，大家就睡在用棕櫚樹葉搭的帳篷裡，躺在厚厚的乾草床鋪上。漸漸的，大家都開始適應了這樣的生活，不再像之前那麼累了，甚至開始覺得這種旅行生活非常有趣。

夜晚降臨時，是大夥最開心的時候。吃完晚飯後，醫生會用樹枝生起小火堆，大家圍成一圈坐在火堆旁，聽波利尼西亞唱歌，或是奇奇講叢林裡的冒險故事。

奇奇講的故事非常生動有趣，**猴子們雖沒有自己的史書，但是他們透過講故事的方式來記住所有發生過的事情。**奇奇講了許多他奶奶講給他聽的事情——講了很久很久以前，發生在諾亞方舟和大洪水以前的故事。那時候，人類穿的是獸皮，住的是石洞。他還提到長毛象，還有像一列火車那麼長的大蜥蜴，這些蜥蜴在山上來來去去，啃食樹梢上的葉子。大夥兒都聽得津津有味，直到他們聽完才發現，火堆早就熄滅了，只好在周圍奔忙一陣，撿些樹枝重新把火生起來。

反觀王宮那裡，國王的士兵們回到王宮稟告國王，說他們找不到醫生。於是，國王再次派出他的軍隊，甚至命令他們必須抓到醫生，否則就待在叢林裡不要回來了。所以，就在醫生和動物們自以為可以平安無事的朝猴子國前進時，士兵們正在後頭繼續搜尋著他們的蹤跡。要是被奇奇知道這件事，牠很可能就會再次把大夥兒藏起來，可惜牠並不知情。

這天，奇奇爬上一塊很高的岩石，越過樹梢向遠方瞭望。他下來後告訴大家不遠處就是猴子國，他們很快就會達到目的地了！

傍晚的時候，他們真的見到了奇奇的表哥和許多猴子。這些猴子沒有生病，坐在沼澤邊的大樹上，等候醫生的到來。當大名鼎鼎的杜立德醫生出現時，他們都樂壞了，發出一陣巨大的歡呼聲。他們拚命的叫著、跳著、搖晃著樹枝和樹葉，向醫生致意，歡迎醫生的到來。

他們爭相幫醫生拿手提袋、背箱子和其他東西。有一隻個頭大的猴子甚至把小豬嘎布扛了起來，因為嘎布一臉累得走不動的苦相。還有兩隻猴子跑在最前面，趕著去告訴生病的猴子們，偉大的杜立德醫生終於來了。

這時，正在追蹤他們的士兵們聽到猴子的歡呼聲，立即就知道醫生在哪裡了，便急急忙忙地趕來抓他們。

扛著小豬嘎布的大猴子走得比較慢，漸漸的落在隊伍的最後面。他看到士兵隊長鬼鬼祟祟地從樹叢間鑽出來，就奮力地跑到醫生的身邊，叫大家快跑。大夥兒一聽，立刻撒腿就跑，他們這輩子都沒有那麼瘋狂地奔跑過。國王的士兵們在後面緊緊追趕，那個隊長跑得最為賣力。

然後，醫生被藥箱的帶子絆了一下，「撲通！」一聲跌在泥地裡。隊長暗自慶幸：「杜立德醫生這次絕對逃不掉了。」

可是，隊長的耳朵出奇的大，正當他要上前揪住醫生的領子時，他的一隻耳朵被樹枝緊緊的卡住了，其他士兵只好停下來救他。趁這個機會，醫生爬了起來，繼續和動物們一起飛奔。不一會兒，只聽奇奇大喊：「沒事啦！我們馬上就要到了！」

然而，眼看著就要抵達猴子國了，大家卻來到一個陡峭的懸崖上，懸崖下面是一條湍急的大河。這條河就是喬立肯金王國和猴子國的分界線。

小狗吉普從那個險峻的懸崖邊往下看，驚呼道：「天啊！我這會兒我們要怎麼過去呢？」

「哎呀！」小豬嘎布說：「國王的人快追上來了。看！這會兒他們來了！他們來了！我們又要被關進監獄了！」說著說著，他的眼淚又掉了下來。

這時，扛著嘎布的大猴子把小豬放到地上，然後對著其他猴子大吼：「夥伴們！快！快！搭一座橋！我們只有一分鐘的時間，一分鐘搭一座橋。隊長脫困了，他快得像隻鹿，正飛奔過來呢！我們要快！搭橋！搭橋！」

醫生很納悶，他們要怎麼搭橋呢？他們是不是在哪兒藏著木板呢？醫生環顧四周。等他回過頭，再看向懸崖的時候，醫生驚訝地發現一座橋已經完成——是一座由猴子們連接而成的橋！那些猴子的行動快如閃電，你抓著我的手，我抓住你的腳，就在醫生轉身的短短幾秒之內，用自己的身體搭成了一座橋。

那隻大猴子對醫生叫道：「走過去！快！大家趕快！」

走在這樣的橋上，小豬嘎布有點害怕。橋那麼窄，而且高得令人頭暈眼花。不過，最後他還是平平安安地走過去，而大夥兒也順利地過了橋。

杜立德醫生最後一個渡河，就在他抵達對岸的那一刻，國王的士兵也正好趕到懸崖邊。他們揮舞拳頭，氣得大吼大叫。尤其是那個士兵隊長，他憤怒得用手揪著自己的耳朵。他們遲了一步，醫生和動物們已經安全到達猴子國，猴子橋也被拉回了對岸。

順利過橋後，看著對岸氣得面紅耳赤的士兵，大家頓時都鬆了一口氣。這時候，奇奇轉身對醫生說：「許多大探險家和灰白鬍鬚的老生物學家，曾經在叢林裡埋伏好幾個星期，只為了看一眼猴子搭橋的奇蹟。但是我們從不讓白人看見。您可是第一個親眼見到著名的『猴子橋』的人類呢！」

醫生感到非常高興。

第六章　叢林裡的動物病好了

現在，杜立德醫生非常的忙碌，他發現成千上百隻的猴子都病了，黑猩猩、狒狒、小絨猴、灰猴等各種各樣的猴子；甚至有許多猴子已經病死了。

於是，醫生決定要先做三件事情。第一，他把生病的猴子和健康的猴子分開，把生病的猴子隔離起來。第二，他讓奇奇和他的表哥蓋了一間小茅屋當診所。第三，讓所有還沒有染病的猴子來打預防針。

整整三天三夜，猴子們不斷地從叢林裡、從峽谷中、從山上來到這座小茅屋。醫生就在屋子裡，日以繼夜的為他們打預防針。

然後，醫生又指揮猴子們蓋了另一幢大房子，裡面放置了很多小床，可以收容所有生病的猴子。但是，生病的猴子實在太多了，大夥兒照顧不過來。於是醫生給獅子、豹子、羚羊等其他動物捎了信，請他們都來幫忙做護理工作。

獅王接到來信，可是他是個傲慢的傢伙。他來到醫生那幢放滿小床的大房子前，露出不屑一顧的樣子。「你竟敢叫我來？」他惡狠狠地瞪著醫生低吼：「知道我是誰嗎？我可是百獸之王。你居然要我來服侍這一大群骯髒的猴子？哼！拿他們給我當點心我都不要呢！」

儘管獅王的樣子很可怕，但醫生努力不露出害怕的樣子。「我不是請你來吃他們的。」醫生鎮靜的說：「況且，他們今天早晨都洗過澡了，一點兒也不髒。倒是你那身毛看上去需要好好的洗刷一番呢！你聽好了，有朝一日獅子也是會生病的。如果現在你不肯幫助別的動物，到你自己有麻煩的時候，就會發現自己孤立無援了。」

「獅子才不會有麻煩，獅子只會製造麻煩。」獅王翹起鼻子說，接著他昂首闊步的走回叢林，自以為十分神氣和聰明。

接下來，豹也來了，他們同樣表現得十分傲慢，拒絕提供幫助。然後當然還有羚羊——他們雖然膽小怕羞，不像獅子那樣粗魯的對醫生講話——但是他們用腳扒著土，傻乎乎地笑說他們從來沒有當過護士。這下子可真是急壞了杜立德醫生，他不知道該上哪兒去找足夠的幫手，來照料幾千隻生病的猴子。

與此同時，當獅王回到他的洞穴時，便看見獅子皇后朝他跑來。

「我們的一個孩子從昨晚開始就不吃東西了，我不知道該拿他怎麼辦。」獅后全身發抖著說完，就放聲哭了出來。她雖然是一頭獅子，卻也是一個疼愛孩子的媽媽呀！

獅王走進洞裡去看他的孩子們——兩隻非常可愛的小獅子。他們趴在地上，其中一隻看來病得不輕。

這時候，獅王還很得意地把自己和醫生的對話都告訴了獅后。獅后聽

完氣壞了，差點要把他趕出洞外。

「你一點知識都沒有！」獅后大叫：「杜立德醫生可是一位奇人，現在所有的動物都在議論他，從這裡到印度洋岸，他能治癒動物的百病。而且他聰明又好心腸，是唯一會講動物語言的人類。現在，我們的孩子生病了，而你居然得罪他？只有傻瓜才會對這樣的好醫生無禮。你……」說著，她氣得扯起獅王的鬃毛。

「你現在馬上給我回去，去跟他道歉。把你那些沒腦的獅子、還有那些愚蠢的豹子和羚羊都帶去。然後醫生叫你做什麼你就做什麼，也許他還會發發善心，來看看我們的孩子。快去！聽見沒有？你簡直就不配當一個爸爸。」

於是獅王回到醫生那兒，假裝隨口問道：「我碰巧路過，想著該進來看看。你找到幫手了嗎？」

「還沒有呢！急死我了。」醫生說，他顯露出焦急的樣子，不停地搓手。

「現在要找幫手還真不容易啊！」獅王說：「動物們似乎都不想工作，你怪不得他們。算了！看你這麼困難，我也不計較了，有什麼能做的我也做點兒吧！只要別讓我給猴子洗澡就行了，我也通知了別的動物過來幫忙，豹子和羚羊一會兒就到。對了！順便說一下，我家裡有個孩子生病了，我的妻子很擔心。如果你今天傍晚路過，能去看看他嗎？」

醫生聽完高興極了，他馬上答應獅王的請求，去給小獅子看病。小獅子只是因為吃太多而消化不良，醫生給他配了一瓶粉紅色的藥水。喝完藥水後，小獅子又活蹦亂跳，和他的兄弟嬉戲玩鬧起來。獅后也不再生氣了，她領著獅王和小獅子們向醫生表示謝意。

森林的動物——獅子、豹子、羚羊、長頸鹿、斑馬——都來幫忙醫生投入這個工作，但是一時之間湧入太多的動物想幫忙，醫生只好留下那些最機靈的當助手，把其餘的都打發走。

沒過多久，猴子們的病情開始好轉。一個星期之後，大房子裡一半的床位已經空出來。第二個星期結束之前，最後一隻生病的猴子也痊癒了。

就這樣，醫生的工作終於圓滿完成了！他累壞了，躺在床上沉沉地睡去，足足睡了三天三夜，連翻個身也沒有。

奇奇守在醫生的門外，不讓任何人進去打擾，直到醫生醒過來。起床後，醫生讓奇奇告訴猴子們，他現在得回「沼澤鎮」去了。

猴子們聽到這個消息都非常驚訝，他們本以為醫生會永遠和他們住在一起。當天晚上，所有的猴子都聚集在叢林裡一起商量這件大事。

首領黑猩猩站起來說：「這個好人為什麼要走？難道他在這裡不快樂嗎？」猴子們頓時面面相覷，因為這個問題誰也答不上來。

於是大猩猩站起來說：「我看我們得一塊兒去求他留下來。說不定，我們幫他蓋一幢新房子，再給他做一張大床，並且答應讓許多猴子伺候他，讓他過得舒舒服服，他就不想走了。」

奇奇站了起來，其他猴子竊竊私語道：「噓！大旅行家奇奇要發言了！」

奇奇說：「朋友們，我認為想要求醫生留下來是不可能的。因為他在『沼澤鎮』欠了別人的錢，他說他得回去還債。」

猴子們聽了，齊聲問道：「錢是什麼東西呢？」

於是奇奇告訴大家，在醫生的國家，沒有錢就什麼東西也得不到，什麼事也做不成，沒有錢簡直就沒辦法活下去。

猴子驚訝地問：「那沒有錢就沒有吃的、喝的了嗎？」奇奇點點頭，他告訴大家，當年他和那個拉手風琴的義大利人一起旅行的時候，也被迫去討錢。

黑猩猩首領轉過臉對長臂猿長老說：「表哥，人類真是太奇怪了！誰願意到那樣的地方生活呢？那多沒意思啊！」

奇奇又說：「我們決定到這兒來時，因為沒有錢，所以沒有船可以渡海，也沒辦法買路上吃的乾糧。後來有人先給了我們一些硬麵包，我們打算回去時再付錢給他。我們還向一位水手借了一艘船，可是快到達非洲時，卻意外撞上了礁石，船全變成了碎片。可憐的水手，他也很窮，這艘船是他所有的財產了，所以現在醫生一定得回去，還給水手一艘新船。」

猴子們聽完，沉默了半晌，全都坐在地上一動也不動。最後，一隻個子高大的狒狒站起來說：「我認為，我們一定得送這位好醫生一件最好的禮物，讓他知道，對於他所做的一切，我們是多麼感激。在此之前，我們不能讓這位大好人離開猴子國。」

「對！說得沒錯！」一隻坐在樹上的嬌小紅臉猴子也叫起來。然後，大家你一言我一語地討論起來，到底什麼東西才是最好的禮物呢？

一隻猴子說：「要不，我們送他五十袋椰子吧！」另一隻說：「外加一百串香蕉！這樣，他在那個吃東西也要付錢的國家裡就不用買水果了！」

但是奇奇跟大家說：「這些東西全都不行。太重了！而且路途遙遠，大概連一半都還沒吃完，就全都壞掉了。」

「如果你們想讓醫生高興，」奇奇說：「就送他一隻動物吧！醫生最喜歡動物了，一定會善待他的。給他一隻人類的動物園裡沒有的動物吧！」

猴子們一聽，又齊聲問道：「動物園是什麼？」

奇奇解釋道：「動物園就是把動物關在籠子裡讓人類參觀的地方。」猴子們聽完大吃一驚，相互議論道：「那對動物來說就像是一座監獄啊！」

驚訝過後，回歸正題，絨猴的首領開口問道：「那他們那兒有鬣蜥嗎？」

奇奇說：「有，倫敦動物園就有一隻。」

另一隻猴子問：「他們有歐卡皮鹿嗎？」

奇奇說：「有，比利時的某座大城市裡有一隻。五年前，我和手風琴師到那裡時見過。」

又一隻猴子問：「有雙頭動物『你推我拉』嗎？」

這一回奇奇卻說：「沒有。我想從來沒有一個非洲以外的人見過這種動物，我們就送一隻『你推我拉』給醫生吧！」

第七章　珍奇動物「你推我拉」

「你推我拉」是世上稀有的動物，那時候他們還有幾隻生活在非洲叢林的內陸深處，現在已經瀕臨絕種。你推我拉沒有尾巴，身體兩邊各有一個頭，兩個頭上都長著尖尖的角。通常，獵人捕捉動物時，都會趁著動物沒看到時，從身後抓住他們。但是，這一招對你推我拉可不奏效。因為，不管從哪個方向靠近他們，他們都可以和你正面相對。

此外，睡覺時，他們都讓半邊身體睡著，另一邊則是清醒地觀察四周的動靜。這就是他們永遠不會被捉住，而人們永遠不會在動物園看到他們的緣故。雖然許多技藝高超的獵人和聰明的動物園管理人，耗費許多年的精力，不分陰晴寒暑，在叢林裡尋找你推我拉，可是還是連一隻都捉不到。

現在，猴子們動身前往叢林裡，去捕捉你推我拉。他們在叢林裡搜尋了很

久，走了很多路之後，終於在河邊發現了一些很特別的腳印。於是他們知道，那附近肯定有一隻你推我拉。

大夥兒又沿著河岸走了一段，看見有個地方的草長得又高又密。他們猜測，那隻你推我拉就在裡面。於是猴子們手拉著手圍成一個大圈，把那個草堆團團包圍起來。你推我拉聽到猴子們過來，拚命想衝出他們的包圍，可是卻沒辦法。當他明白逃走已經無望時，便坐下來，等著看猴子們有什麼打算。

猴子們問你推我拉願不願意跟杜立德醫生一起走，在人類居住的地方供人參觀。他使勁地搖著兩個腦袋，說：「絕對不去！」

大家解釋說，並不是要把他關到動物園裡，只不過是讓人們看看。猴子們還說，杜立德醫生是個非常善良的人，可是他已經身無分文。人們肯定願意花錢參觀一隻雙頭動物，這樣一來，醫生就有錢可以買一艘新的船，賠給那個窮水手了。

可是你推我拉說：「不行，我很害羞。我討厭人家盯著我看。」說著說著，只見淚珠子開始在他的眼眶裡打轉。大家不放棄，勸說了他整整三天。他終於同意和大家一起去看看醫生到底是怎樣的一個人。於是，猴子們就帶著你推我拉來到醫生所住的小茅屋前，敲了敲門。

正在收拾行李的鴨子達達，聽到敲門聲，說：「請進！」

奇奇非常得意地帶著你推我拉進屋，把他介紹給醫生。

「這到底是什麼？」杜立德醫生驚訝地問，他從來沒有見過雙頭動物，眼睛直勾勾地盯著這隻奇怪的動物看。

「我的天哪！兩個腦袋，這樣要怎麼思考？怎麼做決定呀？」達達驚歎道。

「我看，他根本就不像會思考。」小狗吉普說。

「醫生，」奇奇說：「這是你推我拉，是非洲叢林最稀有的雙頭動物。把他帶回家去吧！這樣你就能賺一大筆錢了。人們為了看他，會不惜任何代價。」

「可是，我又不要錢。」醫生說。

「不，你需要錢。」達達說，「你忘了在『沼澤鎮』的時候，大家是如何縮衣節食，才能支付肉店的帳單嗎？雜貨店的老闆還等著我們去還錢呢！再說，你還要買一艘船還水手，沒有錢你拿什麼買呢？」

「我可以自己造一艘。」醫生有些嘴硬的說。

「別說傻話啦！」鴨子達達說：「你知道怎麼造船嗎？造船要用很多木頭和很多釘子，你要從哪兒找來這些東西？再說，往後我們要靠什麼生活下去呢？回家以後，我們的日子肯定比以前還要窮。奇奇做得對極了，我們只要把這隻模樣滑稽的東西帶回去就行了！」

「好吧，也許你說的有點道理，」醫生喃喃地說：「我相信他可以成為很棒的新寵物。不過這隻……你剛剛叫他什麼來著？他真的願意跟我們走嗎？」

「是的，我願意。」你推我拉回答，這會兒他不害羞了。他觀察醫生的樣子，認為他是個可以信賴的人。他正視醫生的眼睛說：「您對這裡的動物都這麼好——猴子們告訴我，我是唯一可以幫得上忙的。不過，您必須向我保證，如果我不喜歡您的國家，您一定要把我送回來。」

「那是當然。」醫生說：「我還想問一下，你一定和鹿有親屬關係，對嗎？」

「是的。」你推我拉說：「我的母親跟阿比尼西亞瞪羚和亞細亞岩羚羊有親戚關係。而我父親的曾祖父是世界上最後一隻獨角獸。」

「我發現，你只用一張嘴說話，」達達說：「另一張嘴不會說話嗎？」

「當然會，」你推我拉說：「但是通常我只用那張嘴吃飯。這樣我就可以在吃東西的時候說話，也不會顯得沒規矩。我們這一族是非常講究禮儀的。」

等行李都收拾妥當之後，猴子們為醫生舉行了一場盛大的歡送宴會。叢林裡所有的動物們都來了，大家一起享用鳳梨、芒果、蜂蜜和其他各種各樣美味的食物。

吃飽喝足之後，醫生站起來說：「朋友們，我剛才吃了許多水果和蜂蜜，我不像有些人那麼聰明，酒足飯飽之後擅長發表長篇大論，但是我想告訴大家，要離開這片美麗的土地，讓我感到依依不捨。但我在自己的家鄉有非做不可的事情，所以我必須離開。我走了以後，你們千萬要記住，一定不要吃蒼蠅碰過的食物，下雨的時候不要在泥地上睡覺。我……我……我祝大家從今以後，生活幸福快樂！」

當醫生說完重新坐下的時候，所有猴子的掌聲熱烈不斷，紛紛地說：「我們大家要永遠記住，在這棵大樹下，醫生曾經和我們一起坐在這裡共享美宴，要將這件事代代相傳。毫無疑問，他是人類中最偉大的人！」

大猩猩把一塊巨石翻滾到桌子前，那毛茸茸的雙臂有著相當於七匹馬的力量，他說：「這塊石頭就是永遠的紀念。」

而那塊作為標誌的巨石，直到今天，依然矗立在叢林深處。每當猴子媽媽帶著小猴子從這裡經過時，總要在樹枝上俯身指著石頭悄悄的對孩子們說：「瞧，就是那個地方，看見了嗎？疫情爆發那年，那位好心的醫生就坐在那裡和我們一起吃東西。」

宴會結束後，醫生和他的動物朋友們便動身了。所有的猴子都陪著他一起走，幫他提著箱子和袋子，一路把他們送到了猴子國的邊界。

大家在河邊停下來和叢林裡的動物告別，耽擱了不少時間，因為有上千隻猴子要和杜立德醫生一一握手道別。

最後，醫生終於和他的動物朋友們踏上了回程之路。

第八章　是醫術還是魔法？

醫生和他的動物朋友們在回程的路上。

鸚鵡波利尼西亞說：「我們現在是走在喬立肯金國的土地上，大家必須悄悄地走路，輕輕地說話。要是再次驚動國王，他又會派人來捉我們。我敢肯定，他一定還在為著我上次捉弄他的事情生氣！」

「我擔心的是，我們該上哪兒去找一艘船呢？」醫生說：「唉！算了，說不定等我們到海邊，正好有一艘無人使用的船等著我們呢！俗話說，船到橋頭自然直，車到山前必有路嘛！」

有一天，當他們走過一片非常茂密的樹林時，奇奇因為要找椰子，所以先跑到前頭去了。他離開以後，醫生和剩下的動物們就在叢林深處迷了路，他們在林子裡繞來繞去，可是就是找不到前往海邊的路。

奇奇回來後找不到他們，更別提有多擔心了。他爬上高聳的大樹，站在樹枝上向四處張望，看看能不能找到醫生的那頂高帽子。他又是揮手又是大叫，不停地呼喊每一隻動物的名字。可是卻一點兒用處也沒有，他們好像全都突然消失得無影無蹤了。

他們的確完全迷路了。他們從小徑上走岔，越走越遠，周圍的樹木長得越來越濃密，四處都有藤蔓纏繞，有時候他們連前進都很困難。醫生沒有辦法，只好拿出他的折疊刀，一邊砍著一邊向前走。他們闖進了潮濕泥濘的沼澤地，被牽牛花密密麻麻的藤蔓困住，被帶刺的荊棘劃破了皮膚，還有兩次差點把藥箱遺失在灌木叢裡，倒楣的事似乎沒有個盡頭。

就這樣倉皇失措的走了好幾天，大夥兒的衣服也破了，臉上濺滿泥土，最後，竟然誤打誤撞闖進喬立肯金國王的後花園。士兵們看見有人居然敢闖進國王漂亮又整潔的花園，立刻擁了上來，把他們全都捉住。

只有鸚鵡波利尼西亞逃走了！牠趁沒人瞧見，迅速飛到花園裡的一棵樹上躲了起來。醫生和其他動物都被帶到了國王面前。

「他們是誰？為什麼長得這樣醜陋？」國王指著這群渾身滿是泥土，面目難辨的人和動物問道。

「報告國王陛下，」有著大耳朵的士兵隊長說：「他們應該是在叢林裡迷了路，還弄得渾身是泥。只要命令他們清洗乾淨，您就能看清他們的臉了。」

「有道理！」國王說著，命令他的僕人：「去打些水來，把這些傢伙給我沖洗乾淨！」僕人們從井裡打來了水，醫生和動物們被士兵押著，無法抵抗，只好把臉上的泥巴洗掉。

「哈哈！」看到幾張熟悉的臉，國王得意地大聲說：「原來是你們幾個！真是冤家路窄，又被我逮住了！這回絕對不會讓你們逃跑。士兵隊長，把他們全扔到監獄裡，門上多加一道鎖。我要讓這個人一輩子在我的廚房裡擦地板。」

於是醫生和動物們又被關進了監獄，士兵們告訴醫生，從第二天早上開始，他每天都得去擦洗廚房的地板。大夥兒各個都垂頭喪氣的。

「真糟糕！」醫生說：「我必須回到『沼澤鎮』去。要是我再不回去，那個可憐的水手會以為我騙走了他的船……不知道這門上的鉸鏈是不是鬆了？」

可是牢房的門很堅固，鎖得結結實實，看來是沒什麼機會能逃出去了。小豬嘎布又哭了。但這回，大家的心情都很糟糕，就算他哭得再厲害，誰也沒有心情去安慰他了。

這段時間裡，波利尼西亞一直蹲在王宮花園的樹上。她非常安靜，只是一個勁兒地眨眼睛。那對波利尼西亞來說是個壞兆頭，一旦她變成這個樣子，那意味著有什麼人遇到麻煩了；她正在努力想辦法解決麻煩。任何對她或是她的朋友做出壞事的人，到頭來總會感到後悔。

沒過多久，波利尼西亞就看到奇奇像盪秋千似的，一棵樹接一棵樹地盪過

來。他還在四處尋找醫生和大家呢！奇奇看到波利尼西亞，便來問她發生了什麼事情。

「醫生和其他動物都被國王的士兵抓走了。國王把大家關在監獄裡，鎖了起來。」波利尼西亞輕聲說：「我們在叢林裡迷路了，誤闖王宮的後花園。」

「你難道不能給他們帶路嗎？」奇奇問道。他開始責備波利尼西亞，埋怨她不該在自己去找椰子的時候讓大家迷路。

「都是那隻小豬的錯，」鸚鵡說：「他老是離開正路去找椰子吃。我一直忙著去把他帶回來，結果當我們走到沼澤地時，本該向右轉的，我們卻向左轉了。噓！你瞧，邦波王子來到花園了！可不能讓他看見我們，千萬不要動！」

沒錯，正是國王的兒子邦波王子，只見他打開花園的門，胳膊底下夾著一本童話書。他沿著碎石小路漫步走來，嘴裡哼著一支悲傷的曲子。最後他走到一張石椅子邊，正好是波利尼西亞和奇奇藏身的那棵大樹底下。他在石椅上躺下，讀起那本童話書。

過了一會兒，王子放下書本，嘆了一口氣，說道：「多麼希望我是住在童話世界裡的人啊！」說著，他的雙眼露出了夢幻般遐想的眼神。

奇奇和波利尼西亞看著他，一聲不響，動也不動。

「奇奇，」波利尼西亞悄悄地說：「我有個主意，也許我能給他催眠。」

「催眠是什麼呢？」奇奇悄聲問道。

「人一旦被催眠了就會想睡覺，而且就算是醒了也會按照別人的指令做事。要是我能把王子催眠，我就叫他去打開牢門上的鎖，放醫生他們出來。」

「可是，」奇奇搔著腦袋說：「我怎麼從來沒看過你催眠別人呢？你真的會嗎？」

「這是我很久以前跟一個水手學的，一直都沒試過。」波利尼西亞說：「可是不試試看怎麼知道會不會奏效呢？」

「有道理，」奇奇說：「那你要怎麼做呢？」

「好好看著吧，不要動！」波利尼西亞說完後，從她正蹲著的那根樹枝上輕輕滑下去，慢慢的靠近王子。她抓起一枚小石子，然後用一根細細的藤蔓綁住小石子，在王子眼前慢慢地晃來晃去，喉嚨裡發出低沉的嗡嗡聲。

「睡吧！睡吧！你很睏，你很睏……」波利尼西亞一邊晃動著小石子，一邊唸道。起先，王子的眼睛還炯炯有神，但漸漸地，那雙黑色的大眼睛就開始變得暗淡無光。於是，波利尼西亞繼續唸道：「睡吧！睡吧！你很睏，你很睏……」。

最後，邦波王子的眼皮終於敵不過睡意，過一會兒，他就進入了夢鄉。波利尼西亞稍稍得意的看了一眼躲在樹上的奇奇，奇奇早已緊張地握住了拳頭。這時，波利尼西亞用溫柔的嗓音呼喚：「王子殿下，王子殿下。我是住在童話書中的精靈，我想請您幫我一個忙，您要是同意的話就點點頭。」邦波王子在睡夢中溫和地笑著，然後輕輕地點了點頭。

「在您父親的監獄裡，」鸚鵡說，「正關著一位偉大的魔法師。他的名字叫做約翰．杜立德。他通曉一切有關醫藥和魔法的知識，做過許多了不起的大事。他還寫了許多有趣的童話故事，是我們童話精靈的好夥伴。可是您的父親卻把他關了起來，讓他受苦。勇敢的王子，請為他準備好一條可以離開這個海岸的船。等太陽下山之後，請您悄悄地去打開牢門，讓魔法師和他的那些動物們恢復自由吧！」沉睡中的王子又露出了微笑，再次輕輕地點了點頭。

波利尼西亞謹慎地確定沒有人會看見自己之後，就輕巧地溜出花園，朝監獄飛去。她看見小豬嘎布已經不哭了，正努力把鼻子從牢房窗櫺間伸出來，使勁聞著從王宮廚房飄出來的食物香味。他一邊聞還一邊嘀咕著：「我聞聞，我聞聞，是烤麵包嗎？不對，應該是烤布丁吧，再聞聞，天哪！還有椰子汁，我真想喝一口。」

波利尼西亞阻止了嘎布的幻想，她讓小豬去把醫生叫到窗前來，她有話要跟醫生說。於是嘎布叫醒了正在打盹兒的醫生。

「聽好了！」杜立德醫生一出現在窗戶前，鸚鵡便輕聲地對他說：「我催眠了邦波王子，他正在幫大家找一艘船，然後他會到這裡來打開牢門的鎖。你

們大家準備好離開。」

「天啊，怎麼會……」醫生剛要開口詢問，波利尼西亞就阻止了他：「別出聲！守衛來了！」接著她就飛走了。

王子依照波利尼西亞的吩咐在那天夜裡來到了監獄。

「噢！偉大的魔法師，」他說：「您是如此受人敬仰，可是我的父親卻把您關在這不見天日的地牢裡。我是多麼嚮往童話世界，而您又給我們寫了那麼多美妙的童話，您是童話精靈的朋友，當然也是我邦波王子的朋友。所以現在，您自由了，您現在就可以離開，我已經為您準備好了船。」說著，王子從口袋裡掏出一串銅鑰匙，把牢門上的兩道鎖都打開了。醫生和動物們立刻拚命的朝著海邊跑去；邦波王子倚在空地牢的牆上，樂呵呵的目送他們離開。

他們終於來到了海邊，看到波利尼西亞和奇奇已經在船附近的礁石上等著他們了。

「我覺得這麼做有點兒對不起邦波王子。」醫生說：「他被波利尼西亞催眠，以為我是一位偉大的魔法師。他都不知道自己做了什麼事情，就好像是我們欺騙了他。」

「可是他們無緣無故就把我們關了起來！」鴨子達達氣憤地搖著小尾巴，「我們可沒招惹國王。王子本來就應該放我們走，波利尼西亞一點都沒做錯。」

「這事跟王子沒有關係，」醫生說：「是他爸爸的錯，是國王派人把我們關起來的，那不是邦波王子的過錯。你們說，我們是不是該向王子道個歉——唉！算了，要不然等我們回到『沼澤鎮』以後，再寄點糖果給他吧！」

大家一邊說著，你推我拉、小白鼠、小豬嘎布、鴨子達達、小狗吉普、貓頭鷹吐吐和醫生一起上了船。但是猴子奇奇、鸚鵡波利尼西亞和鱷魚留了下來，非洲是他們出生的地方，是他們的故鄉。

醫生站在船上，注視著海面。這時他才想起沒有人能替他們引路，帶他們回「沼澤鎮」。在月光的照耀下，一望無際的大海看起來大得可怕。醫生開始著急起來，他擔心船離岸以後，看不到陸地，他們會在大海上迷失方向。

不過，正在他胡思亂想的時候，天空中隱約傳來一陣奇怪的聲音，動物們都豎起耳朵靜靜聽著。那聲音越來越大，越來越響，似乎是朝著他們而來，而且越來越近，彷彿是秋風吹過白楊樹林，或者是暴雨敲打在屋頂上的聲音。

吉普翹起鼻子，豎起尾巴說：「是鳥兒！幾百萬隻鳥兒，飛得很快，沒錯，是他們！」

大家抬頭一看。只見千千萬萬個小螞蟻似的黑點，正在天空中橫飛而過，在月光的照映下，他們果然看見成千上萬隻鳥兒。沒多久，整個天空遍布著小鳥，而且還不斷有新的鳥兒從遠處飛來。他們的數量多到幾乎要把月亮遮蔽，大海變得暗淡無光，漆黑一片，就好像暴風雨逼近時，烏雲遮住了太陽那樣。

很快的，這一大群鳥兒向下飛來，輕輕掠過陸地和海洋，夜空又重新亮了起來，月亮依舊發出淡淡的柔和光芒。這些鳥兒既不說話，也不唱歌，大家也都沒有說話，只聽見鳥兒翅膀拍打的聲音。

最後，他們伴隨著巨大的聲響降落，有的落在沙灘上，有的落在船的纜繩上，除了樹林之外，所有地方都密密麻麻地落滿了小鳥。杜立德醫生看到他們有著藍色的翅膀、白色的胸脯，以及長著長羽毛的短腿。等他們全都找到落腳處後，四周立刻安靜下來，一片寂靜。

醫生說：「沒想到我們已經在非洲待了這麼長的時間，恐怕要到夏天我們才能回到家了。北返的燕子們，謝謝你們等著我們。這樣一來，我們就不必害怕在大海上迷路了。現在，起錨升帆吧！」

起航了！留下來的奇奇、波利尼西亞和鱷魚難過極了。因為在他們的一生中，除了「沼澤鎮」的約翰・杜立德醫生，從來沒有其他人類能夠讓他們如此喜歡。

他們一遍又一遍的向遠去的醫生和動物們揮手道別之後，依然呆呆地站在岩石上，傷心地抹著眼淚，直到看不見船為止。

第九章　大戰海盜

在回家的航程中，醫生的船必須經過巴巴里海岸。這一帶海岸是非洲大沙漠的邊緣，是個十分荒涼的地方，全是沙子和石頭。但這裡正是巴巴里海盜出沒的地方。

巴巴里海盜是一群壞人，專門埋伏遇難的船隻，一看到船隻經過，就駕著他們那速度極快的帆船去追趕。追上後，他們把船上的財物洗劫一空，把船上的人綁到自己的船上後，便讓船沉到海裡，再一路唱著歌回到巴巴里，對他們所做的勾當感到洋洋得意。然後，海盜逼迫那些被抓來的人寫信給他們的親友要錢，如果親友們不送錢來，就把人扔到海裡去。

這天的天氣很好，陽光明媚，醫生和達達在甲板上來回健走鍛煉身體。一陣清爽的海風吹著船平穩地前行，大家都覺得心情快活極了。突然，達達看到

他們的船後面、水平線的地方，出現了另外一艘船，船帆是紅色的。

「我不喜歡那艘船的船帆，」達達說：「我感覺那不是一艘好船。我們恐怕又要遇到麻煩了！」

小狗吉普正趴在一旁曬太陽打盹兒，他在睡夢中發出一陣低吼：「我聞到烤牛肉的味道，」他咕噥道：「烤得半熟的牛肉，上面還淋著滿滿的醬汁。」

「天哪！」醫生驚嘆道：「吉普睡著了會說夢話，還能聞到味道。這狗是怎麼了？」

「正常啊！」達達說：「狗都能在夢中聞到氣味。」

「可是他聞到什麼了呢？」醫生問：「我們的船上沒有人在烤牛肉啊！」

「沒錯，」達達說：「不過也許是有人在後面那艘船上烤牛肉。」

「可是那艘船和我們至少相隔十海哩，」醫生說：「那麼遠，他不可能聞到的！」

「不，他聞得到，」達達說：「不信你問問他。」

小狗原本睡得香甜，但現在只見他開始吠叫，生氣地將嘴唇向上捲起來，露出乾淨雪白的牙齒。

「我聞到壞人的氣味，」他低吼：「這是我聞過最壞的壞人！到處都是麻煩的氣息。我聞到了一場戰鬥──六個大壞蛋正在圍毆一個勇敢的好人。我要幫助他。汪！汪！汪！」接著他大叫著醒來，一臉驚訝的表情。

「快看！」達達叫道：「那艘船離我們越來越近了！數得出有三張帆，全是紅色的。不管他們是誰，肯定是在追我們……他們會是什麼人呢？」

「他們是最壞的水手，」吉普說：「那艘船航行的非常快，他們肯定是巴巴里海盜。」

「那麼，我們必須掛起更多的帆。」醫生說，「這樣我們可以跑得快點，擺脫他們。吉普，你到船艙去，把你能看到的船帆都拿上來！」

小狗急匆匆地跑下去，把所有他能找到的船帆都拉上來。不過，儘管大家把所有的船帆都掛上了桅杆，鼓足了風，還是比海盜們慢了些。他們在後面緊緊追趕，眼看越來越靠近了。

「王子給我們的可真是一條破船啊！」小豬嘎布說，眼看他又要開始哭了，

「我想他肯定是把跑得最慢的船給我們。」他說：「要是坐這艘破船能逃離他們，那划著臉盆也可以獲得賽艇冠軍！看，他們靠得這麼近了！我都能看見那些人臉上的小鬍子了！他們有六個人呢！怎麼辦啊？」

醫生叫達達飛上去，告訴燕子們，海盜正駕著一艘快船追他們，問問他們有什麼好主意。燕子聽到後，馬上飛到醫生的船上，叫他儘快把一些長纜繩拆成許多細繩，然後把細繩的一頭繫在船頭。燕子們用腳抓住繩子的另一頭，拖著船前進。

如果只有一、兩隻燕子的話，力量肯定不大。可是，當許許多多的燕子聚集在一起的時候，情況就不一樣了。船頭上拴著上千條繩子，每一條繩子都有兩千隻燕子在拉。他們的船以驚人的速度破浪向前。

瞬間，醫生覺得他們的船快得像要飛起來似的，他不得不用兩隻手捂住帽

子，以免帽子被風吹走。

船上的動物們哈哈大笑，興奮得跳舞。他們回頭看那海盜船，它現在看起來不是越來越大，而是越來越小。那紅帆被遠遠地拋在後面。

拖著一艘大船在海上航行可不是件輕鬆的差事。兩、三個小時候之後，燕子們開始感到疲倦，翅膀拍得越來越慢，漸漸地喘不過氣來。他們告訴醫生，說他們要把船拖到不遠處的一個海島，把船藏進一個深海灣裡，等他們喘口氣再往前走。

很快地，醫生一行人就看見燕子們所說的海島。

島上有一座非常美麗的青色高山，船安全地駛進海灣裡。這個海灣非常隱密，船藏在這裡，從大海上是看不見的。醫生決定到島上去找淡水，因為船上已經沒有飲用水了。他叫動物們也一起上岸，去草地上走一走。

大家正要上岸時，醫生注意到，一大群老鼠正從船艙裡爬上來，也正準備離船。吉普撒腿就去追那些老鼠，他最喜歡玩追逐老鼠的遊戲，可是醫生立刻阻止了他。

一隻大黑鼠似乎有話想對醫生說，他一邊畏縮地沿著船的欄杆爬過來，一邊還用眼角瞄著小狗。他緊張的咳了兩、三聲，捋了捋鬍鬚，擦了擦嘴巴，最後才開口說：「嗯哼……醫生，您知道所有的船上都是有老鼠的，對吧？」

醫生回答說：「對。」

「那麼您也一定聽說過，當船要沉時，老鼠就會逃出來？」

「是的，」醫生說：「這個我也聽說過。」

「人們談到這件事時總是嗤之以鼻，」老鼠說：「好像這種事很丟臉似的。但這不能怪我們，是不是？畢竟，要是能逃掉，誰還願意待在一艘快要沉沒的船上呢？」

「這是當然的。」醫生說：「我完全能夠理解。你是不是還有什麼話要對我說呢？」

「是的。」老鼠說：「我是來告訴您，我們要離開這艘船了。不過在離開前我想警告您，這艘船實在太破了，一點都不安全，船舷不夠結實，木板也都爛了。不用等到明天晚上，這艘船就會沉到海底。」

「可是，你是怎麼知道的呢？」醫生問道。

「**這是老鼠的本能。**」老鼠說：「**船沉沒前，我們的尾巴尖端都會有一種痠麻的感覺**，就像您的腳發麻時的那種感覺。今天早晨六點鐘我在吃早飯，我的尾巴突然開始痠麻。

起初我以為是我的風濕病又犯了，後來我去找我的姑媽，問她有什麼感覺沒有。您還記得她嗎？就是那隻長長瘦瘦的花斑老鼠，去年春天她得了黃疸病，還去『沼澤鎮』找您看過呢！

我那姨媽說她的尾巴尖端也痠麻得厲害，於是我們斷定，這艘船在兩天之內一定會沉。所以我們大家決定，不管船在哪裡靠岸，只要能上岸，我們就要趕緊離開。

醫生，這船不行了，不能再用了，不然您肯定會被淹死的……再見啦！我們要到島上去找個好地方安家了。」

「再見！」醫生說：「謝謝你特地過來告訴我。你真是一隻好老鼠，請代我向你的姑媽問好，我清清楚楚地記得她呢！吉普，別逗那隻老鼠了！過來，躺下！」

接著，醫生和他的動物們都下了船，拿著水桶和鍋子上岸找水，燕子們也趁著這個機會，準備好好地休息一下。

「不知道這個島有沒有名字呢？」醫生一面爬著山坡一面說：「這似乎是一個宜人的好地方。這裡的鳥真多啊！」

「你不知道嗎，這是迦納利群島，也叫金絲雀群島。」鴨子達達說：「你沒聽到到處都是金絲雀的歌唱聲嗎？」

醫生停下腳步，仔細聆聽著。「啊，還真是……沒錯！」他說：「我真大意啊！不知道他們能不能告訴我們該去哪兒找水？」

金絲雀們早就從路過的鳥群那裡，聽說了許多關於杜立德醫生的事蹟，所以他們很樂意幫助這位善良的醫生。他們帶領醫生來到一處水質清澈的泉水，金絲雀們經常在這裡洗澡。之後，他們還帶醫生到了一片可愛的草原上，那是他們養育小鳥的地方。接著，金絲雀們又領著醫生遊覽島上的其他景色。

你推我拉很高興自己能來到這座島上，因為這裡的草地真是太肥美了，這比他在船上吃的乾蘋果要好得多。小豬嘎布在山谷裡發現了大片的野生甘蔗，興奮地「嘎布、嘎布」地一直叫，他抱住這根啃幾口，又抱住那根啃幾口，飽餐一頓後索性在泥地裡打起滾來。

大家都吃飽喝足後，仰躺在草地上，聽金絲雀為他們唱歌。這時，兩隻燕子匆匆忙忙地飛來，又驚慌又激動。

「醫生！」他們叫道：「海盜們進港了！全都上了你的船。他們全在船艙裡翻東西，海盜船上一個人也沒有。如果你們快點趕到海邊去，就可以乘上他們的船——那船的速度非常快，這樣你們就可以逃跑了，不過得把握時間。」

「這主意太棒了！」醫生說：「棒極了！」

隨後，他馬上把所有動物召集起來，和金絲雀們道別，匆忙地朝海邊跑去。

他們跑到岸邊的時候，看到那艘有三張紅帆的海盜船正靜靜地停在海面上。和燕子們說的一樣，船上一個人也沒有，所有的海盜都在醫生的船上，尋找可以偷走的東西！

於是，醫生囑咐動物們一定要輕手輕腳，他們就這樣悄悄地爬上了那艘海盜船。要不是因為小豬嘎布在島上吃了太多潮濕的甘蔗而感冒，事情本來可以順利進行。

大家不發出一點聲音地拉起鐵錨，正要小心翼翼地把船駛出海灣，偏偏在這個節骨眼上，小豬嘎布打了一個驚天動地的大噴嚏！另一艘船上的海盜們聽到後，一齊衝上甲板來查看到底發生了什麼事。

他們一看到醫生正要逃走，立刻開動醫生那艘破船，抄近道直接開到海灣入口處，堵住醫生他們的路。

海盜頭目（他自稱為巴巴里之龍）隔著一片海水，向醫生揮舞拳頭，大吼道：「哈哈！我的朋友，這回終於被我抓到了！想坐我的船逃走？可惜，你不是一個合格的水手，你是鬥不過偉大的水手『巴巴里之龍』的。我要你的那隻鴨子，還有那隻豬。我們今晚就可以吃豬排和烤鴨了！想回家的話，就叫你的家人給我送滿滿一箱金子來。」

可憐的嘎布嚇得哭了起來，達達準備飛走逃命。可是貓頭鷹吐吐卻趴在醫生的耳朵邊小聲的說：「繼續跟他說話，醫生。我們的那艘舊船馬上就要沉了，老鼠說過，到明晚之前那艘船鐵定沉入海底，他們從來不會說錯的。你得繼續讓他說話，直到船沉沒為止。」

「什麼！要等到明天晚上！」醫生說：「好吧，我只能試試了……讓我想一想，該說些什麼好呢？」

「讓他們上來吧！」吉普說：「我們能打敗這幫骯髒的無賴，他們只有六個人，讓他們儘管放馬過來吧！我要咬斷他們一個個鼻子！敢來就試試。等回家以後，我就去告訴隔壁那隻牧羊犬，說我打敗了真的海盜。讓他們過來，我跟他們較量較量！」

「可是他們手裡有武器！」醫生說：「不，這行不通。我得跟他說話……喂，巴巴里之龍……」可是還沒等醫生把話說完，那些海盜已經把船駛得更近，奸笑著說：「比比看，誰能第一個抓住那隻豬！」

嘎布被嚇得更厲害了，他甚至哭不出來，只能愣愣地看著海盜們。你推我拉在桅杆上磨利尖角，準備戰鬥。吉普又蹦又跳，咒罵可惡的巴巴里之龍。

就在這個時候，海盜那邊好像發生了什麼事情。他們突然止住了笑聲，每個人看起來都滿臉疑惑，好像是覺察到事情有些不對勁。接著，巴巴里之龍低頭看了看，忽然大叫：「真見鬼！夥計們，船要沉了！」

其他海盜都跑到船邊往外探看，發現船果然正在一點一點往下沉。其中一個海盜對巴巴里之龍說：「奇怪，要是這艘船真的要沉了，怎麼會沒看見老鼠往外跑呢？」

吉普在另一艘船上叫道：「你們這群大笨蛋，船上早就沒有老鼠啦！兩個小時以前，他們就都離開了！」

不過海盜們根本聽不懂他的話。

那艘船的船頭很快就開始往下沉，而且速度越來越快，一直到整艘船看上去幾乎是頭朝下直立了起來；海盜們只好拚命抓住欄杆、船桅、纜繩和一切能讓他們不再滑下去的東西。接著，海水咆哮著湧進了船裡，衝破了所有的艙門和窗戶。最後，整艘船沉入海底，發出了可怕的「咕嚕咕嚕」聲響。

六個海盜全落入海裡。有幾個海盜開始朝岸邊上游，剩下幾個游到醫生那艘船邊，想試著登船。可是吉普一直對著他們汪汪大叫，看見誰上來就咬誰的鼻子，嚇得他們不敢攀上船的邊緣。

突然，六個人都驚恐地大叫：「鯊魚！鯊魚來了！快讓我們上去，我們要被吃掉了！救命啊！救命啊！鯊魚來了！」

這時，醫生看見巨大鯊魚的背脊散布在整個海灣，他們在水裡游得飛快。一條巨大鯊魚游到船邊，從水裡探出嘴巴，對醫生說：「您是著名的約翰·杜立德醫生嗎？」

「是的。」醫生回答：「我是約翰·杜立德。」

「太好了！」鯊魚說：「我們知道這些海盜個個是壞蛋，特別是那個自稱巴巴里之龍的。如果他們冒犯了您，我們很樂意把他們全吃下肚，讓您不再受他們打擾。」

「謝謝你！」醫生說：「你們真是太善解人意了。不過我覺得沒有必要吃掉他們。你們只要圍住他們，先讓他們在水裡待著，好嗎？另外，麻煩你讓巴巴里之龍游到這裡來，我有話要跟他說。」所以，那條鯊魚就游過去，把海盜頭目趕到醫生跟前來。

「聽著，巴巴里！」杜立德醫生靠著船舷說：「我知道你非常壞，而且殺過不少人。這些鯊魚剛才提議要吃掉你們。如果能讓你們這夥海盜從大海上消失，那還真是一件大快人心的事。不過如果你答應照我說的話做，我可以保證你們的安全。」

「您說，要我做什麼呢？」海盜頭目一邊問，一邊低頭斜眼看著那條大鯊魚，鯊魚正在聞他泡在水裡的腿呢！

「你不許再殺人，」醫生說：「不許搶劫，也不許再弄沉別人的船，更不許再當海盜。」

「那我要做什麼呢？」巴巴里之龍問道：「我要靠什麼生活呢？」

「你和你的同伴們都到這座島上去，」醫生說：「為金絲雀種植他們需要的糧食。」

巴巴里之龍聽完，臉都氣得變綠了。「種鳥食？」他倒胃口似的呻吟：「我

能不能當個水手？」

「不能。」醫生說：「你不能當水手。你當水手的時間已經夠長了。你數數看，有多少大船和好人都被你丟到海底去了！在你的後半生中，你只能當一個規規矩矩的農夫。鯊魚們正等著你們呢！別再浪費時間，趕緊決定吧！」

「可惡！」巴巴里之龍罵道：「種鳥食！」說著說著，他又低頭朝水裡看了看。那條大鯊魚已經開始在聞他的另一條腿了。

「好吧！」他無可奈何的說：「我們當農夫。」

「記住，」醫生說：「如果你不遵守諾言，又開始搶劫殺人，我很快就會知道的。因為金絲雀會告訴我，而我一定有辦法懲治你。雖然我在海上航海的本領比不上你，可是鳥兒、魚兒和其他動物都是我的朋友，我用不著害怕一個海盜頭目，哪怕他自稱是巴巴里之龍。現在走吧！做個好農夫，老老實實地過日子。」

說完，醫生轉向大鯊魚，對他揮揮手說：

「好了，放他們平安地游到島上去吧！」

醫生再次謝過鯊魚的好意之後，就和動物們開動那艘掛著三張紅色風帆的快船，重新航向回家的旅途。

第十章　再次啟航

航行到海灣外上之後，動物們都跑到船艙裡去，想看看這艘新船的內部長什麼樣子。醫生沒有下去，他靠在船尾的欄杆上，靜靜地注視著迦納利群島隱沒在藹藹暮色之中。

他站在那裡，心裡掛念著非洲的猴子們，不知道他們過得怎麼樣；又想著回到「沼澤鎮」後，不知道他的花園會是什麼樣子。正當醫生想得出神，鴨子達達搖搖擺擺的從船艙爬上來，滿臉笑容，顯然是有好消息了。

「醫生！」她叫道：「這艘海盜船真是漂亮！所有床上都鋪著淡黃色絲綢，上面還有幾百個大枕頭和墊子；地上鋪著厚厚軟軟的地毯；盤子都是銀製的。還有各式各樣好吃好喝的東西，那個食品儲藏室，簡直就像商店。我一輩子都沒見過這麼好的東西，光是沙丁魚罐頭就有五種呢！那些人真是太會享受了！

快下去看看吧……噢，對了，我們還在下面找到一個小房間，門鎖著，真想進去裡面看看。吉普說那一定是海盜們保存金銀財寶的地方，可是門打不開，你來看看有沒有辦法可以把它打開。」

於是，醫生就跟著走下船艙。這的確是一條豪華的船。他看到動物們圍在一扇小門旁邊，正你一言我一語的討論，猜著裡面究竟放了些什麼。醫生走過去轉了轉把手，仍然打不開。接著大夥兒分頭去找鑰匙，他們查看門毯底下，查看了所有的地毯底下，查看了所有的櫥櫃、五斗櫃和箱子，甚至把餐廳裡的大櫃子也翻了一遍。

雖然沒找到鑰匙，卻找到不少稀罕的寶貝。這些寶貝一定是海盜們從別的船上搶來的：繡著金花的、薄得像蜘蛛網的喀什米爾披肩；一罐罐上好的牙買加煙草；裝著俄國茶葉的雕花象牙匣；一把斷了一根弦的古老小提琴，琴背上還有一幅畫；一套用珊瑚和琥珀雕成的西洋象棋；一根手杖，只要將把手拔出來就是一把劍；六個玻璃杯，杯口上鑲著玳瑁和銀子；還有一個用珠母貝做的可愛大糖罐。

可是他們在整艘船上都沒有找到鑰匙，大家只好又回到房門口，吉普湊到鑰匙孔上努力地往裡看。可是，裡面被什麼東西擋著，什麼也看不見。

大家束手無策地呆站著，不知道該怎麼辦，貓頭鷹吐吐忽然說話了：「噓！你們聽！是不是有人在房間裡面？」

大家立刻安靜下來，仔細地聽了一會兒後，最後醫生說：「吐吐，你肯定是聽錯了，我什麼聲音也沒聽見。」

「我敢肯定裡面有聲音。」貓頭鷹說：「噓！又有聲音了，你沒聽見嗎？」

「我什麼也沒聽見啊。」醫生說：「你聽見的是什麼樣的聲音？」

「我聽到有人把手伸進衣服口袋的聲音。」貓頭鷹說。

「可是那樣做根本就不會發出聲音啊！」醫生說：「就算有聲音，就那麼

點兒聲響，你在外面不可能聽到的。」

「真的，我確實能聽見。」吐吐說：「我真的聽到門的另一邊有人把手放進衣服口袋裡。**實際上，不管做什麼都會發出聲響的，只要你的聽力夠好，就能聽到。**蝙蝠們能夠聽到鼴鼠在地道裡走路的聲音，他們就認為自己的耳朵靈敏極了。可是我們貓頭鷹即使用一隻耳朵，也可以在黑暗中從貓眨一下眼睛，分辨出一隻小貓咪是什麼顏色。

「哎呀！」醫生說：「這真是太驚人了！真有意思！你再聽聽，那個人現在又在做什麼呢？」

「還不能確定，」吐吐說：「可能是一個男人，也可能是一個女人。把我捧起來，讓我在鑰匙孔那邊聽，這樣我很快就能告訴你。」

於是醫生用手把吐吐捧起來，湊近鑰匙孔。

過了一會兒，吐吐說：「現在，他正在用的他的左手擦臉，是一隻很小的手和一張很小的臉。可能是個女人。不！他現在正把頭髮從前額撥開，是個男的，沒錯。」

「女人有時候也做這個動作啊！」醫生說。

「話是不錯，」貓頭鷹說：「可是女人的頭髮很長，所以發出的聲音和男人的不同……噓！讓那隻煩人的豬老實點兒。現在大家全都屏住呼吸，就一會兒，讓我好好聽聽。這可是個困難的工作！真可惡，這扇門太厚了！噓！請大家不要發出一點兒聲響，閉上眼睛，不要呼吸。」

吐吐靠過去，再次聽了好長的時間。最後，他抬起頭，看著醫生的臉說：

「裡面的這個人很傷心，他在哭。而且還強忍著，小心地不哭出聲，也不敢吸鼻子，好像不願讓別人知道他在哭。不過我聽得非常清楚，我聽到眼淚落在他袖子上的聲音了。」

「瞧你說的，說不定那滴水是從天花板上落下來的呢！」嘎布問道。

「你懂什麼？」吐吐哼了一聲，說：「一滴水從天花板上落下來的聲音，比從眼睛裡落下的要大聲十倍！」

「好了，大家都別吵了，」醫生說：「既然那個可憐的小伙子不快樂，我們就該進去問問他發生了什麼事。幫我找把斧頭來，我要把門劈開。」

他們很快就找來一把斧頭。不一會兒，醫生就在門上砍出一個洞，大小正好讓人可以爬進去。

剛開始，醫生什麼也看不見，因為房間裡太暗了，所以他劃了一根火柴。這是一個很小的房間，沒有窗戶，天花板很低。唯一的家具是一張小凳子。房間靠牆圍繞著大木桶，桶底都固定起來，這樣行船搖晃時，大木桶就不會滾動。木桶上方的牆上，釘著許多木釘子，掛著各種大小的錫製酒杯，房間裡彌漫著一股濃烈的酒味兒。有一個大約八歲的小男孩，坐在地板上，正傷心的哭著。

「我敢肯定，這是海盜們的酒窖。」吉普悄悄地說。

「對，都是酒氣！」嘎布說：「這味道讓我頭暈。」

小男孩看到一個陌生人站在他面前，還有那麼多動物正擠在門外，從破門上的小洞看著他，他似乎十分害怕。可是當他在火柴的亮光中看到杜立德醫生

的臉時，就不哭了，站了身來。

「您不是一個海盜，對嗎？」他問道。

醫生聽後仰頭大笑許久，小男孩的臉上也露出微笑，走過來拉住醫生的手。

「您笑起來像朋友，不像一個海盜。」他問：「您能告訴我，我的舅舅在哪兒嗎？」

「恐怕不能。」醫生問：「你最後一次看到他是什麼時候？」

「前天。」男孩說：「我和舅舅划著小船出海捕魚，結果遇上海盜。他們把我們抓起來，還弄沉了我們的漁船。他們叫我舅舅加入海盜，跟他們一起當海盜。因為我舅舅是個駕船高手，他能在任何天氣下穩穩地駕駛船隻。可是我舅舅說他不想當海盜，因為殺人搶劫不是一個善良漁民會做的事情。海盜頭目巴巴里之龍非常生氣，威脅我舅舅，如果不答應就要把他扔到海裡去。他們把我關在這裡，我聽到上面傳來打架聲。第二天，他們讓我上去甲板，可是舅舅已經不見了。我問那些海盜我舅舅去哪裡了，他們不肯告訴我。我很害怕，怕舅舅被扔到海裡淹死了。」說到這裡，小男孩又哭了起來。

「好了，先別哭，你等一等。」醫生說：「我們先去餐廳喝杯茶，吃些點心，然後再好好談一談。你舅舅也許平安無事，你並不能肯定他已經淹死了，對嗎？這很重要。也許我們能幫你找到他。先喝茶，再吃點果醬麵包，然後再看看能做些什麼。」

所有的動物都非常好奇，一直圍在那裡聽著。等大家都到了大船的餐廳，開始喝茶，達達走到醫生的椅子後面，小聲地說道：「不如去問問海豚們，那男孩的舅舅是不是死了，他們一定知道。」

「好主意。」醫生說完，拿起第二片麵包塗上果醬。

「您用舌頭發出『咔嗒』的鼻音，聽起來真有趣，是什麼意思呢？」男孩問道。

「噢，我只是說了兩句鴨子的語言，」醫生說：「這位是達達，我的寵物之一。」

「我不知道鴨子也有自己的語言。」男孩說：「這裡所有的動物都是您的寵物嗎？那隻有著兩個腦袋，看起來古裡古怪的動物是什麼呢？」

「噓！」醫生悄悄的說：「那是一隻你推我拉。可別讓他聽見我們在談論他，他會害羞的。跟我說說，你為什麼會被鎖進那個小房間？」

「海盜們要去另一艘船搶劫之前，把我鎖在那個小房間裡，直到剛剛聽見有人破壞門的聲音。現在遇見你們，我真高興。請問您能幫我找到舅舅嗎？」

「嗯，我們會盡力去找。」醫生說：「你先告訴我舅舅的長相。」

「他有一頭火紅色的頭髮。」男孩繼續說：「身體非常結實，胳膊上有一個船錨刺青。他是一位好舅舅，是南大西洋最好的水手，而且待人很和善。他的漁船有個名字，叫『漂亮莎麗』，是一艘單桅快艇式帆船。」

「什麼是單桅快艇式帆船？」嘎布回過頭來問小狗吉普。

「就是一種船嘛！」小狗吉普回答。「噓！別出聲，安靜點好嗎？」

「哦！」小豬說：「原來是一種船啊！我還以為是什麼好吃的東西呢！」

醫生讓小男孩留在餐廳裡和動物們一起玩，自己走到甲板上去，看看有沒有經過的海豚。沒過多久，只見一大群海豚跳躍著游來，他們正要前往巴西。

看見醫生靠在船邊，海豚們過來問候他。醫生問他們有沒有見過一個紅頭髮、胳膊上有船錨刺青的男人。

「你說的是『漂亮莎麗』號的主人嗎？」海豚問道。

「正是他，」醫生說：「一點也沒錯，他是不是被淹死在海裡了呢？」

「他的船是沉了。」海豚們說：「我們看見船躺在海底，但是船裡沒人。」

「他的小外甥正在我這艘船上，」醫生說：「他非常擔心他的舅舅被那群海盜扔進海裡淹死了。你們能不能好心幫個忙，幫我打聽打聽，看看他到底有沒有淹死呢？」

「他沒被淹死。」海豚們說：「要是死了，我們一定能從深海的貝類那裡得到消息。我們能聽到海中所有的消息，貝類動物一向把我們稱作『海洋消息傳遞者』。不過很抱歉，我們不知道他的舅舅在哪裡，但是可以肯定，他並沒有淹死在海裡。」

於是，醫生跑到船艙裡，把這個消息告訴男孩，男孩高興得拍手。你推我拉讓小男孩坐在他的背上，他馱著小男孩繞著餐廳的桌子跑，其他動物跟在後面，拿勺子敲打著盤子，好像大遊行一般。

「既然我們知道了你舅舅沒有在海裡淹死，那我們就一定能找到他。」醫生說：「當然，這是下一步要做的事情。」

這時鴨子達達走到醫生身邊，悄悄地說：「請老鷹們去找那個人吧！在所有動物中，沒有誰能比老鷹看得更清楚了；即使在離地幾英里的高空飛行，他們依然能數出地面上有幾隻螞蟻在爬行。去拜託老鷹吧！」

於是，醫生請一隻燕子去找幾隻老鷹回來。

過了大約一小時，燕子就帶回了六隻不同種類的老鷹：大黑鷹、禿鷹、魚鷹、金鷹、兀鷲和白尾海鷹。他們每一隻都有兩個男孩那麼高。他們站在船的欄杆上，好像一排寬肩膀的士兵靜靜的注視著前方，神情堅毅而穩重，他們閃亮的黑色大眼朝四周射出尖銳的目光。

嘎布有點怕他們，悄悄躲到一個大酒桶後面。他覺得那一雙雙黑亮的眼睛彷彿能看穿他的肚皮，看到他偷吃了什麼東西。

醫生對這些老鷹說：「有一個人失蹤了，是一個漁夫，紅髮，胳膊上有船錨刺青。我想請你們幫幫忙，看能不能找到他。這個男孩就是他的外甥。」

老鷹們沒有多說什麼，他們用粗啞的聲音回答：「請您放心，我們一定竭盡全力，為約翰‧杜立德醫生效勞的。」說完，他們就飛走了。

嘎布從木桶後面走出來，看著他們飛遠。老鷹們越飛越高，身影越來越小，

然後他們朝四面八方散開，就像是幾粒黑色的沙子撒向廣闊的天空。

「我的天哪！」小豬嘎布壓低聲音說：「飛得那麼高！他們這麼靠近太陽，羽毛不會被烤焦嗎？」

老鷹們離開了一段時間，等到他們回來時，天已經黑了。

老鷹們對醫生說：「我們飛過了差不多半個地球，找遍了所有的海洋、國家、海島、城市、鄉村，仍然沒有找到他。在直布羅陀那條最熱鬧的大街上，我們看到三個紅頭髮的人躺在麵包店門口的一輛手推車上，可是仔細一看，那不是人的頭髮，而是毛皮大衣上的毛。我們在陸地和海上都看不到這個男孩舅舅的蹤影。如果連我們都找不到，那就不會有人看到他了。杜立德醫生，我們已經竭盡全力了。」

說完，這六隻大鳥就拍著他們的巨大翅膀，飛回山岩上的家裡去了。

第十一章　小狗吉普了不起的鼻子

老鷹們走了以後，達達說：「現在該怎麼辦呢？我們得找到男孩的舅舅，他年紀太小了，不能讓他孤零零的一個人。小孩子不像小鴨子，得受到照顧才能長大……要是奇奇在這裡就好了，他肯定不用花什麼力氣就能把人找到……不知道奇奇現在幹什麼呢？」

「要是波利尼西亞在這兒也行啊！」小白鼠說：「她很快會想出辦法來的，你們還記得她是怎樣讓大家逃出監獄的嗎？真是聰明的傢伙！」

「我覺得那些老鷹也不怎麼樣。」吉普說：「他們就是自高自大。他們的眼力是不錯，但也就這樣了，讓他們去找個人就不行。虧他們還有臉回來，說什麼若他們都找不到，就不可能有人能找到。真是自傲！跟『沼澤鎮』的那隻牧羊犬一個德性，只會說大話。還有那些自稱消息靈通的海豚們，我也不覺得

有什麼真本事，他們只能告訴我們那人不在海裡。我們想知道的不是他不在哪裡，而是他在哪裡。」

「噢，你少說兩句吧！」嘎布說：「光用嘴說很容易，可是要在世界上找一個人就沒那麼容易了。說不定，那個漁夫太過擔心男孩，因此頭髮變成了白色，這樣一來，老鷹們就找不到他了。你光會說，也沒幫忙做什麼事呀！你還不是跟老鷹們一樣沒辦法找到那男孩的舅舅，是不是？」

「我做不到？」吉普說：「你懂什麼？我還沒試過呢！等著瞧吧！」

接著，吉普就走到醫生面前說：「請你去問問那個男孩，看他是不是有他舅舅的東西？」

醫生就去問男孩。男孩給他們看了一枚金戒指，他說這是看到海盜時，舅舅摘下來給他的。他用繩子串起這枚金戒指掛在脖子上，因為他的手指太細戴上它會一直滑落。

吉普聞了聞那枚戒指上的氣味，對醫生說：「這個不行，請你再問問他還有沒有他舅舅的其他東西。」

男孩又從口袋裡拿出一條很大的紅手帕說：「這個也是我舅舅的。」

吉普立刻叫道：「鼻煙，天哪！濃烈的鼻煙味。你們沒聞到嗎？他舅舅一定很愛吸鼻煙。醫生，你問問他，是不是這樣？」

醫生又問那個男孩，男孩說：「沒錯，我舅舅吸鼻煙吸得可厲害了。」

「太好了！」吉普說：「要找到那人，就容易得像從貓咪那裡偷點牛奶。告訴那男孩，不出一個禮拜我就能找到他舅舅。現在，我們先到甲板上看看風向吧！」

「可是現在天已經黑了。」醫生說：「你不可能在黑暗中找到他的！」

「對我來說，要找一個有濃烈鼻煙氣味的人用不著一點兒亮光。」吉普一邊上樓梯一邊說：「如果這人身上的味道是繩子或熱水那種不容易分辨的味道，那就不好辦了，可要是鼻煙味的話，嘖嘖，就容易多了！」

「熱水也有氣味嗎？」醫生問道。

「當然，」吉普說：「熱水的氣味和冷水的氣味可是完全不同的。倒是溫水和冰的味道不容易區分。有一回，我追蹤一個人，在黑夜裡走了整整十英里，憑得就是他刮鬍子時常用的熱水的氣味。那傢伙只用熱水刮鬍子，因為他沒錢買肥皂……現在我們來感受風正朝哪個方向吹吧！**要聞遠處的氣味，風向非常重要**。第一，風不能太強，第二，還得是那種風向固定、持續的、潮濕的微風最好……哈！現在刮的是北風。」

接著，吉普就跑到船頭去聞風的味道，他一邊聞一邊自言自語：「柏油、西班牙洋蔥、汽油、潮濕的雨衣、磨碎的月桂葉、燃燒的橡膠、清洗中的花邊窗簾……啊！錯了，是正在晾乾的花邊窗簾。還有狐狸，上百隻的小狐狸，還有……還有……」

「你真的能從這一陣風裡聞到這麼多不同的東西嗎？」醫生問道。

「為什麼不能呢？我當然聞得到！」吉普說：「這些還只是氣味強烈、容易辨別的味道。**任何種類的狗，就算感冒了，也能聞出它們**。現在，我來告訴

你這風裡最難辨別的幾種氣味。」

才剛說完，吉普就閉緊雙眼，朝空中伸長鼻子，半張著的嘴巴拚命吸氣。

過了很久，吉普一句話也沒說，他動也不動地像個雕塑，彷彿連呼吸都停止了。最後他開始說話，聽上去像是在睡夢中唱著一首悲傷的歌曲。

「磚頭。」他低聲說：「黃色的舊磚頭，在一個花園的牆頭上，年久而碎裂；山間小溪中站著一頭小母牛在呼吸著新鮮的空氣；在更遠的地方，有一間鴿舍，或是一座有著鉛皮屋頂的穀倉，中午的太陽正曬著它；一副黑色小羊皮手套放在一個核桃木書桌的抽屜裡；一條塵土飛揚的道路，路邊的大樹底下有一個馬兒喝水的水槽；黴爛的樹葉之間冒出了小蘑菇；還有……還有……」

「有蘿蔔嗎？」嘎布問道。

「沒有！」吉普說：「你就知道吃！沒有蘿蔔，也沒有鼻煙。有許多煙斗、香煙、雪茄，就是沒有鼻煙。我們得等風向轉變，等吹南風的時候我們再試試看吧！」

「是呀！這風不好。」嘎布說：「我看你是在吹牛，吉普。誰聽說過在大海當中找人是靠鼻子聞的？我告訴你，你辦不到的。」

這下子，吉普真的生氣了，他怒吼道：「你聽好了，小心我咬你的鼻子！別以為醫生不讓我們惹你，你就可以這麼厚臉皮地胡說八道。」

「不要吵，」醫生說：「別吵了！人生苦短，我們哪裡還有時間吵架呢！告訴我，吉普，你覺得那些氣味是從什麼地方來的？」

「大多是從英格蘭南部的德文郡和威爾斯來的。」吉普回答。

「好極了！」醫生說：「你知道，這很了不起！十分了不起！我要把這個寫到我的新書裡去。不知道你能不能給我的鼻子一些訓練，不過算了，也許我還是老樣子好。俗話說知足常樂嘛！我們下去吃晚飯，我快餓死了。」

「我也餓了。」嘎布應聲說。

第二天一大早，大家從軟綿綿的絲綢床上爬起來，太陽明晃晃地照耀著，而風正從南方吹來。

吉普聞了半個鐘頭的南風。然後，他來到醫生面前，搖了搖頭。「我還是聞不到鼻煙的氣味。」他說：「我們得等風向轉成東風後再試試看。」那天下午三點，終於刮起了東風，可是吉普還是聞不到鼻煙的氣味。

小男孩失望極了，又哭了起來，說恐怕沒人能幫他找到舅舅了。可是吉普不斷地的跟醫生說：「告訴他，等風轉成西風的時候，我一定會找到他舅舅的。哪怕他是在中國，只要他還吸著他那濃烈的鼻煙，我就一定能找到他。」

又等了三天，西風才刮了起來。這時已經是星期五的清晨了，天剛開始亮。天空中飄著一陣毛毛細雨，像一層輕紗般的薄霧籠罩在海面上。風很輕，很暖和，帶著濕濕的味道。

吉普一睜開眼睛就跑上甲板，他把鼻子伸向空中。突然，他變得十分興奮，立刻衝下船艙把醫生叫醒。「醫生！」他叫道：「我聞到了！醫生！醫生！快醒醒！聽我說，我聞到了！風從西方吹來，只有鼻煙的氣味，沒有其他的味道！快去開船吧！快！」醫生一聽，一骨碌就從床上爬起，急急忙忙跑到船舵那裡去駕駛船隻。

「我現在到船頭上去。」吉普說：「你注意看我的鼻子。我的鼻子指向哪裡，你就把船轉向那裡。那人的氣味這麼強烈，肯定離我們不遠。風又可愛又潮濕。你要仔細看我！」

整整一個下午，吉普都站在船頭上，用鼻子聞著風給醫生指路。而其他的動物，還有那個男孩都睜大眼睛站在他周圍，好奇地盯著他看。

大約到了吃午飯的時間，吉普讓達達告訴醫生，說他有點擔心，想和醫生說句話。於是達達把醫生從船的另一頭帶來。吉普對醫生說：「那男孩的舅舅正在挨餓。我們必須前進得更快，能多快就多快。」

「你怎麼知道他在挨餓呢？」醫生問道。

「因為西風裡除了鼻煙的味道，沒有任何別的氣味。」吉普說：「如果那個人做飯或是吃了什麼東西，我肯定能聞到。可是他現在連新鮮的水都喝不到，只是不斷吸著鼻煙，而且是大口大口的吸。雖然我們離他越來越近了，那氣味一分鐘比一分鐘強烈，但還是得把船開到最快，他肯定快餓昏了。」

「好！」醫生說：「讓達達去請燕子們來幫忙拉船，就像海盜追我們的時候那樣。」

於是那些好心的鳥兒們全都飛來了，再一次抓起繩子。船立刻以驚人的速度破浪前進，那速度實在太快了，快到魚兒們都必須讓路，以免被船撞上。

動物們興奮無比，全都跑到船頭上張望，盼望著能看到陸地或海島，找到男孩的舅舅。但是時間一分一秒過去，船依然在平坦的大海上行進，完全沒瞧見陸地的影子。

動物們不再說話，默默的圍成一圈挨坐在一起，臉上透著焦急的神情。小男孩又擔心起來。吉普的臉上也出現了不安的表情。

直到太陽快要下山的時候，蹲在桅杆頂上的貓頭鷹吐吐忽然用他最大的嗓門喊叫，驚動了大家。他叫道：「吉普！吉普！我看見前方有一塊很大很大的礁石，你看！就在水天相接的地方。太陽光照在岩石上，看起來像金塊！氣味是從那裡飄過來的嗎？」

吉普大聲回答：「沒錯，就是它，氣味就是從那裡飄過來的！那個人就在那裡。找到了！我們總算找到他了！」

等他們再靠近些，才發現那塊礁石真的很大，幾乎有一大片田野那麼大。但是岩石上沒有樹木，也沒長草，什麼東西都沒有。那塊岩石光禿禿的，平滑得像一個大烏龜的龜殼。

醫生駕船繞著礁石航行一圈，可是一個人影也沒看到。所有動物都瞇著眼睛目不轉睛地看著，杜立德醫

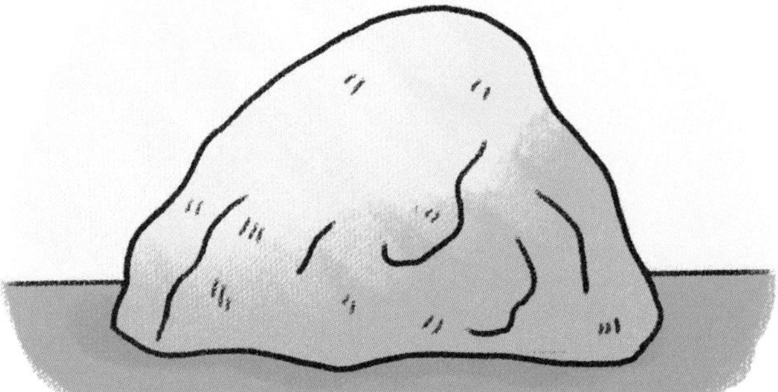

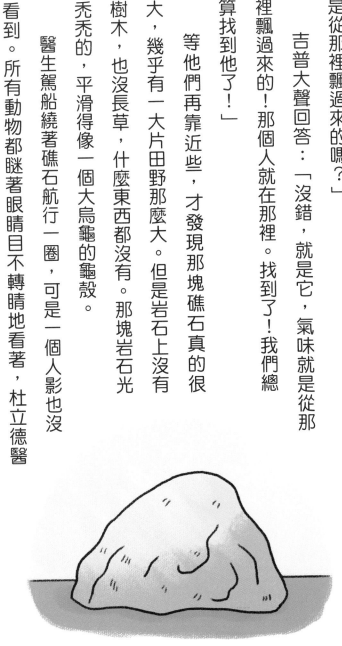

生還跑到船艙裡拿了一副望遠鏡。

大家還是連一樣有生命的東西也看不到，哪怕是一隻海鷗或海星，或者一根海草。他們看似愣愣地站著，實際上都豎起耳朵仔細聆聽，唯一能聽到的就只有波浪輕拍船隻的聲音。

接下來，大家開始大喊：「喂，上面有人嗎？喂——」直到他們喊啞了嗓子，聽到的只是從岩石上傳回來的回聲。

小男孩哇哇大哭起來，說：「我好怕永遠見不到我舅舅了！我回家時，該怎麼跟家裡的人說呢？」

可是吉普堅持道：「他一定在那上面，一定在的！那氣味就是到此為止了。我告訴你，他一定在這裡！把船靠到岩石上，讓我跳到上面去。」

於是醫生儘量把船靠過去，拋下船錨，然後他和吉普一起爬到岩石上。

一爬上岩石，吉普就把鼻子貼到地面上，開始在整塊岩石上聞。他一會兒跑到前面，一會兒跑到後面，一會兒跑到左邊，一會兒又跑到了右邊。他來來回回，反反覆覆地跑著。他跑到哪裡，醫生就緊緊的跟到哪裡，結果累得上氣不接下氣。

最後，吉普大喊一聲，一屁股坐了下來。醫生急忙跑過去，只見吉普盯著岩石中間一個又大又深的地洞看。

「男孩的舅舅就在這下面。」吉普輕聲說：「怪不得那些愚蠢的老鷹們看不見他。**找人還是得用狗！**」

醫生走下地洞，這個洞穴長的像一條隧道，在地底下延伸的很遠。他擦亮一根火柴，借助亮光在黑暗中前行，而吉普跟在醫生的身後。

醫生的火柴很快就燒完了，只好又劃了一根新的火柴，劃了一根又一根。

終於到了這條隧道的盡頭，醫生發現這裡就像個小房間，周圍的牆壁都是岩石。房間的正中央，躺著一個紅頭髮的男人。他的腦袋枕在雙臂上，睡得正香。

吉普走上前去，聞了聞他身邊的東西。醫生彎下腰把那東西撿了起來。那是一個很大的鼻煙盒，裡面裝滿了鼻煙。醫生輕輕地把那人叫醒。然而，就在這個時候，他的火柴又熄滅了。

那人迷迷糊糊地以為是巴巴里之龍，在黑暗中朝杜立德醫生狠狠揮了幾拳。醫生趕緊告訴他自己是誰，又說他的小外甥安全地在他的船上。那人聽完後，喜出望外，連忙向醫生道歉。不過，醫生也沒什麼事，因為四周太漆黑，那人並沒打準。

那人說他不肯當海盜，巴巴里之龍就把他扔在這塊礁石上。他一直睡在下面的洞裡，因為岩石上沒有房子，冷得發抖，洞裡至少暖和一些。

他又說：「我已經四天沒吃沒喝，全靠鼻煙才能活下來。」

「聽到了吧！」吉普說：「我剛才是怎麼說的？」

於是，他們又擦亮幾根火柴來照明，穿過那個地道，終於來到了陽光下。醫生趕緊讓那人上船，可以喝點湯。

動物們和男孩看到醫生和吉普帶著一個紅頭髮的人回來，激動得又是唱歌又是跳舞。頭頂上成千上萬隻的燕子，也用他們最響亮的嗓音吹起口哨，慶祝找到了男孩的舅舅。

他們發出的聲音那麼大，以至於正在遠方海上行駛的水手們聽見了，還以為是可怕的暴風雨接近：「聽，狂風正在東方怒吼呢！」

達達走過來，對吉普說：「沒想到你這麼聰明呢！」

吉普這下可得意了，雖然他盡量不顯出自大的樣子，只是抬起頭回答：「這沒什麼。可是你知道，找人就得用狗，鳥兒天生不是做這行的料。」

醫生問了紅髮男人的家在哪裡，他說出地址以後，醫生便請燕子們幫忙把船拉到那裡去。接著，他們抵達那人所說的地方。他們看到，一座石頭大山山腳下的漁民小鎮。這個熱鬧的小鎮，有一幢幢紅色磚石砌成的小房子緊密相鄰，屋頂都被漆得五彩繽紛。家家戶戶門前都有一個漂亮的小花園，醫生忍不住想起自己那個漂亮的大花園。

就在他們抛下船錨的時候，小男孩的媽媽（也就是紅髮男人的姊姊）立即

跑到岸邊來迎接他們。她是一位健壯的婦女，也有著一頭紅色捲髮，看見漁夫和小男孩，她激動得又哭又笑，一把將他們倆抱在懷裡，她因為高興而抱得太緊，讓紅髮漁夫和小男孩都快喘不過氣了。她說，這些天她一直坐在一座小山頂上，眼巴巴地望著大海，盼望他們快快回來，她已經坐了足足二十天了。

為了感謝醫生，她在醫生臉上親了好幾下，弄得醫生「咯咯」直笑，臉紅得像一個小學生。她也想親吉普，可是小狗溜走了，躲到船上去了。

「親吻是傻瓜才做的事。」他說：「我可不感興趣。讓她親嘎布好了，如果她一定要親的話。」

第十二章　衣錦還鄉

紅髮漁民和他的姊姊都不希望醫生馬上離開，他們請他留下來住幾天。於是，杜立德醫生和動物們只好在他們家住了幾天。小男孩的媽媽——特立威廉太太——是能幹的家務好手，她為醫生和他的動物夥伴們做了滿滿一桌好菜，把麵包烤得脆脆的，塗著新鮮的越橘果醬。小豬嘎布樂得直咂嘴。

她還讓大家都去洗個澡，小狗吉普和鴨子達達坐在寬大的澡盆裡，比賽誰的閉氣時間比較長。而你推我拉則是玩起了用肥皂水吹泡泡，他從沒見過這麼好玩的東西。最後，特立威廉太太把洗得乾乾淨淨的衣服還給杜立德醫生，她說她已經把它們都熨平整了。杜立德醫生好久沒有穿上這麼乾淨整潔的衣服了，他不由得想起他的姊姊——莎拉．杜立德。

村裡所有的孩子都跑到海邊來，他們這裡一群、那裡一堆地圍在大船四周，

指著大船悄悄議論道：「瞧！那就是海盜船，是巴巴里之龍的。知道嗎？他可是橫行七大洋的大海盜！是有史以來最可怕的壞傢伙！」

「那個戴高帽子的老先生，正住在特立威廉太太家裡，就是他從巴巴里之龍手裡得到這艘船，還把海盜首領變成了老實的農夫。誰想得到呢？他看起來那麼斯文和氣……瞧那幾張大紅帆！一看就像是賊船……跑多快啊？」

這幾天，醫生一直待在這個漁民小鎮裡。人們紛紛請他到自己家裡吃茶點、吃午飯、吃晚飯、參加晚會，把醫生忙得團團轉，但他還是很樂意參與和大家的聚會。太太、小姐們還送他鮮花和一盒又一盒的糖果。每天夜裡，村裡的樂隊都在他的窗子下演奏美妙的音樂。

最後，醫生說：「親愛的鄉親們，謝謝你們的招待。我要回家了。你們對我真是太好了，我永遠也不會忘記你們。可是我該走了，因為我還有其他事情要辦呢！」

醫生一行人離開了，鎮長帶著穿戴整齊的鎮民們，六個男孩吹起響喇叭，嘹亮的喇叭聲讓大家都安靜下來。醫生走出屋子，站在臺階上。

鎮長開始說話了：「約翰・杜立德醫生，」他說：「為了感謝您幫助大家擺脫巴巴里之龍，我非常榮幸地代表本鎮居民，向您獻上一份小小的禮物。」

鎮長說完，從他的上衣口袋裡拿出一個紙盒，打開來遞給醫生，裡面是一塊非常精美的掛錶，錶的背面鑲著亮閃閃的鑽石。接著，鎮長又從他的口袋裡拿出一個更大的紙盒，問道：「那隻狗在哪裡呢？」

大家分頭去找吉普。他們找遍每一條道路、每一個小山洞和每一片田野，最後是達達在村邊一個有馬廄的院子裡找到他。達達找到他的時候，村裡所有的狗正圍著吉普，用尊敬和崇拜的眼神靜靜的注視著他。

吉普被帶到醫生身邊，鎮長打開那個更大一些

的紙盒，只見裡面是一個純金做的狗項圈！鎮長彎下腰，把它戴在吉普的脖子上時，圍觀的鎮民們忍不住發出一陣又一陣的讚歎和低語聲。因為項圈上有一行大字，刻著：「吉普——世界上最聰明的狗！」

隨後，人群往海邊移動，去給醫生他們送行。紅髮男人、他的姊姊以及那個小男孩，一次又一次的向醫生和吉普道謝，感謝他們的救命之恩。那條掛著紅帆的大船，再一次調轉船頭，朝著『沼澤鎮』的方向駛去。鄉村樂隊在岸邊演奏著，為他們送行。

★ ★ ★

三月的風來了又去，四月的綿綿細雨下了又停，五月的花苞綻開了花朵；當六月的陽光照在美麗的田野上時，杜立德醫生終於回到了他的國家。

不過他並沒有馬上回到「沼澤鎮」的家。他先是駕著一輛吉普賽大篷車，帶著你推我拉走遍全國，遇到鄉鎮市集就停下來。雖然是在鄉下，可這些市集可比城裡的遊樂園有趣多了。

市集中有兜售二手貨品的；有漂亮的旋轉木馬；有表演戲法的；有表演吞火的；還有一個神秘的印度人，只見他面前放著一個大籃子，接著他從懷裡掏出一支笛子悠悠地吹奏，不一會兒，那籃子裡居然就慢慢地探出一個蛇腦袋，那條蛇似乎是被笛聲喚醒了，隨著樂聲慢慢扭動身體，跳起舞來，看得周圍的人無不驚歎！

市集中到處都被擠得水洩不通。醫生好不容易在表演雜耍和演出滑稽木偶戲的中間，找了一塊空地。他停下大篷車，掛出一個大牌子，上面寫著：

快來看！快來看！
來自非洲的熱帶叢林
長著兩個頭的奇異動物
門票：六便士。

你推我拉待在大篷車裡，其他的動物臥在車底下，而醫生則在前面收錢，樂呵呵地請觀眾進去參觀。達達忙著責備醫生，因為好多小孩看了一遍還想看第二遍，他們對你推我拉實在太好奇了，可是孩子們的零用錢只有那麼一點，一旦她不看緊醫生，他就讓這些孩子們免費進去參觀。你推我拉變得不像以前那麼害羞了，他很喜歡這些有著亮晶晶的、像玻璃珠眼睛的孩子們，偶爾他還讓他們坐到自己的背上呢！

動物園園長和馬戲團的人紛紛來找醫生，懇求他把這隻奇異的動物賣給他們，還說願意付給醫生一大筆錢，但醫生總是搖搖頭，說：「不行。你推我拉永遠不會被關在籠子裡。他永遠要自由自在地來來去去，就像你和我一樣。」

這種環遊各地的生活讓大家見識了不少奇妙的事，也遇到了不少奇怪有趣的人。不過與他們在非洲的經歷相比，似乎就相當普通，十分平常了。這種有點像馬戲團巡迴演出的生活，一開始好像很有趣，但是幾個星期之後，大家都開始覺得不耐煩了，醫生和動物們都想趕緊回家去。

而且，有那麼多人成群結隊的來到大篷車前——不僅是孩子們，大人們也很好奇，他們願意付六個便士來看你推我拉。這樣一來，醫生很快就賺夠了錢，可以結束這種四處為家的生活了。

在一個陽光明媚，鮮花盛開的日子，變成富人的杜立德醫生回到「沼澤鎮」。他依舊住在那個有著大花園的小房子裡。

馬廄裡的那匹瘸腿老馬看到醫生很高興，燕子們也是，他們已經先到了，並且在醫生的屋簷下安了家，一窩窩毛茸茸的小燕子已經出生，嘰嘰喳喳地等著燕子媽媽給他們餵食。達達很高興自己能夠回到她熟悉的房子，儘管裡面到處都是灰塵和蜘蛛網，看來她需要先大掃除一番呢！

吉普跑去向隔壁那隻高傲的牧羊犬展示自己的金項圈，牧羊犬聽了吉普英勇救人的故事後，眼神裡盡是羨慕和崇拜。吉普回來後像發了瘋似地在花園裡到處亂跑，尋找他很久以前埋下的骨頭，還把老鼠從工具間裡趕了出來。

醫生去看望那位借他船的水手，買了兩艘新船給他，還給水手的孩子買了一個漂亮的橡皮娃娃。接著，他又去雜貨店付清了去非洲前所賒的錢，雜貨店老闆對於醫生信守承諾的行為表示讚許。醫生還買了一架鋼琴，他讓小白鼠重新住在裡面，因為他們說書桌抽屜裡的風太大了，常常冷得他們睡不好覺。

儘管醫生把櫥櫃上的那個舊錢箱裝滿了錢，可是錢還剩下許多，於是他又去買了三個新的錢箱，跟舊的那個一樣大，然後把剩餘的錢都放了進去。

「錢是一種可怕討厭的東西。」他說：「但是，不用為錢煩惱，也是好事。」

「對，」正在為他烤著香噴噴鬆餅的達達說：「一點也沒錯！」

當冬天再度降臨，漫天飛舞的雪花打落在廚房窗臺上的時候，醫生和他的動物朋友們在晚飯後，圍坐在又大又暖和的火爐邊聊天。雖然沒有了波利尼西亞的歌唱，但是醫生仍然會朗讀自己所寫的故事，大家都聽得津津有味。

在遙遠的非洲，在那一輪黃燦燦的大月亮下，猴子們睡前在棕櫚樹上閒談的時候，他們說：「真想知道那位善良的醫生在做什麼呢？你們說，他還會回來嗎？」

站在藤蔓上的波利尼西亞說：「我想他會的，我猜他會的，我希望他會！」

鱷魚也從河裡烏黑的爛泥裡鑽出來，嘟噥著說：「我肯定他會回來的，會回來的。去睡覺吧！」

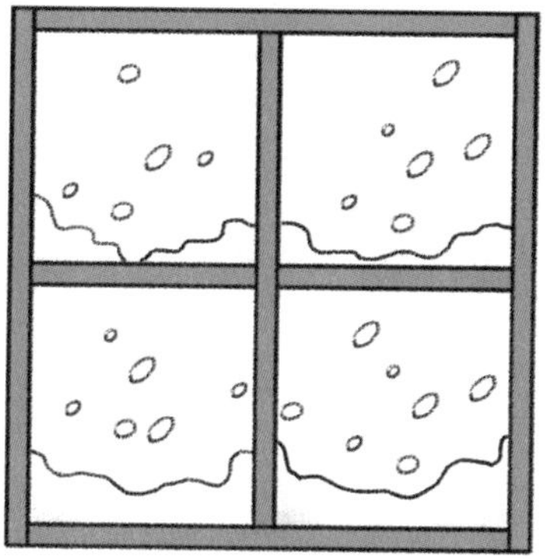

★ 愛麗絲夢遊奇境

瘋狂的帽匠和三月兔，暴躁的紅心王后！跟著愛麗絲一起踏上充滿奇人異事的奇妙旅程！

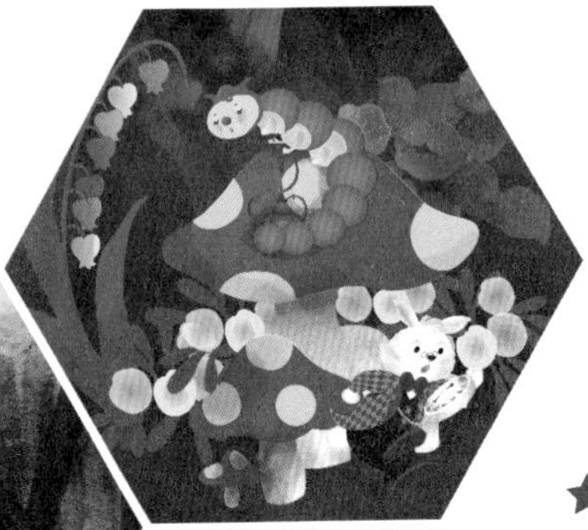

★ 柳林風聲

一起進入柳林，看愛炫耀的蛤蟆、聰明的鼴鼠、熱情的河鼠、和富正義感的獾，猶如人類情誼的動物故事。

★ 叢林奇譚

隨著狼群養大的男孩，與蟒蛇、黑豹、黑熊交朋友，和動物們一起在原始叢林中一起冒險。

彼得・潘 ★

彼得・潘帶你一塊兒飛到「夢幻島」，一座存在夢境中住著小精靈、人魚、海盜的綺麗島嶼。

杜立德醫生歷險記 ★

看能與動物說話的杜立德醫生，在聰慧的鸚鵡、穩重的猴子等動物的幫助下，如何度過重重難關。

一千零一夜 ★

坐上飛翔的烏木馬，讓威力巨大的神燈，帶你翱遊天空、陸地、海洋神幻莫測的異族國度。

想像力，帶孩子飛天遁地

影響孩子一生的奇幻名著

灑上小精靈的金粉飛向天空，從兔子洞掉進燦爛的地底世界……
奇幻世界遼闊無比，想像力延展沒有極限，只等著孩子來發掘！
奇幻國度詭譎多變，請幫迷路的故事主角找回他們的冒險舞臺！

★ 西遊記

蜘蛛精、牛魔王等神通廣大的妖怪，會讓唐僧師徒遭遇怎樣的麻煩，現在就出發前往這趟取經之路。

★ 小王子

小王子離開家鄉，到各個奇特的星球展開星際冒險，認識各式各樣的人，和他一起出發吧！

★ 小人國和大人國

格列佛漂流到奇幻國度，幫小人國攻打敵國，在大人國備受王后寵愛，還有哪些不尋常的遭遇？

快樂王子 ★

愛人無私的快樂王子，結識熱情的小燕子，取下他雕像上的寶石與金箔，將愛一點一滴澆灌整座城市。

以人為鏡，習得人生

正直、善良、堅強、不畏挫折、勇於冒險、聰明機智……
有哪些特質是你的孩子希望擁有的呢？
又有哪些典範是值得學習的呢？

【影響孩子一生的人物名著】
除了發人深省之外，還能讓孩子看見
不同的生活面貌，一邊閱讀一邊體會吧！

★安妮日記

在納粹占領荷蘭困境中，表現出樂觀及幽默感，對生命懷抱不滅希望的十三歲少女。

★海倫凱勒自傳

自幼又盲又聾又啞，不向命運低頭，創造語言奇蹟，並為身障者奉獻一生的世紀偉人。

★湯姆歷險記

足智多謀，正義勇敢，富於同情心與領導力等諸多才能，又不失浪漫的頑童少年。

★環遊世界八十天

言出必行，不畏冒險，以冷靜從容的態度，解決各種突發意外的神祕英國紳士。

★岳飛傳

忠厚坦誠，一身正氣，拋頭顱灑熱血，一家三代盡忠報國，流傳青史的千古民族英雄。

★清秀佳人

不怕出身低，自力自強得到被領養機會，捍衛自己幸福，熱愛生命的孤兒紅髮少女。

★福爾摩斯探案故事

細膩觀察，邏輯剖析，揭開一個個撲朔迷離的凶案真相，充滿智慧的一代名偵探。

★海蒂

像精靈般活潑可愛，如天使般純潔善良，溫暖感動每顆頑固之心的阿爾卑斯山小女孩。

★魯賓遜漂流記

在荒島與世隔絕28年，憑著強韌的意志與不懈的努力，征服自然與人性的硬漢英雄。

★三國演義

東漢末年群雄爭霸時代，曹操、劉備、孫權交手過招，智謀驚人的諸葛亮，義氣深重的關羽，才高量窄的周瑜……

影響孩子一生的世界名著

跨時空，探索無限的未來

騎上鵝背或者跳下火山，長耳兔、青鳥或者小鹿
百年來流傳全世界，這些故事啟蒙了爸爸媽媽、阿公阿嬤。
從不同的角度窺見世界，透過閱讀環遊世界！

【影響孩子一生的世界名著】

最適合現代孩子的編排，耳熟能詳的經典故事
呈現嶄新面貌，啟迪閱讀的興味與趣味！

★小戰馬

動物小說之父西頓的作品，在險象環生的人類世界，動物們的頑強、聰明和忠誠，充滿了生命的智慧與尊嚴。

★騎鵝旅行記

首位諾貝爾文學獎女作家寫給孩子的童話，調皮少年騎著白鵝飛上天，在旅途中展現勇氣、學會體貼與善待動物。

★好兵帥克

最能表彰捷克民族精神的鉅著，直白、大喇喇的退伍士兵帥克，看他如何以戲謔的態度，面對社會中的不公與苦難。

★祕密花園

有錢卻不擁有「愛」。真情付出、愛己及人，撫癒自己和友伴的動人歷程。看狄肯如何用魔力讓草木和人都重獲新生！

★小鹿斑比

聰明、善良、充滿好奇的斑比，看他如何在獵人四伏的森林中學習生存法則與獨立，蛻變為沉穩強壯的鹿王。

★青鳥

1911年諾貝爾文學獎，小兄妹為了幫助生病女孩而踏上尋找青鳥之旅，以無私的心幫助他人，這就是幸福的真諦。

★頑童歷險記

哈克終於逃離大人的控制和一板一眼的課程，他以為從此逍遙自在，沒想到外面的世界，竟然有更多的難關！

★森林報

跟著報導文學環遊四季，成為森林知識家！如詩如畫的童趣筆調，保證滿足對自然、野生動物的好奇。

★地心遊記

地質教授李登布洛克與姪子阿克塞從古書中發現進入地底之秘！嚮導漢斯帶領展開驚心動魄的地心探索真相冒險旅行！

★史記故事

認識中國歷史必讀！一探歷史上具影響力及代表性的人物的所言所行，儘管哲人日已遠，典型仍在夙昔。

影響孩子一生名著系列 20

杜立德醫生歷險記

人與動物的互助

ISBN 978-986-96861-2-9 / 書 號：CCK020

作　　者：休．洛夫廷 Hugh Lofting
主　　編：陳玉娥
責　　編：陳沛君、陳泇璇
插　　畫：鄭婉婷
美術設計：蔡雅捷、鄭婉婷

出版發行：目川文化數位股份有限公司
總 經 理：陳世芳
行銷企劃：朱維瑛、許庭瑋、陳睿哲
法律顧問：元大法律事務所 黃俊雄律師
地　　址：桃園市中壢區文發路 365 號 13 樓
電　　話：(03) 287-1448
傳　　真：(03) 287-0486
電子信箱：service@kidsworld123.com
劃撥帳號：50066538

國家圖書館出版品預行編目 (CIP) 資料

杜立德醫生歷險記 / 休．洛夫廷作．-- 初版．--
桃園市：目川文化，民 107.10
面；　公分．--（影響孩子一生的奇幻名著）
ISBN 978-986-96861-2-9（平裝）

873.59　　107014803

網路書店：www.kidsbook.kidsworld123.com
網路商店：www.kidsworld123.com
粉 絲 頁：FB「悅讀森林的故事花園」

印刷製版：長榮彩色印刷有限公司
總 經 銷：聯合發行股份有限公司
地址：新北市新店區寶橋路 235 巷 6 弄 6 號 4 樓
電話：(02) 2917-8022
出版日期：2018 年 10 月（初版）
定　　價：280 元

建議閱讀方式

型式	圖圖圖	圖圖文	圖文文		文文文
圖文比例	無字書	圖畫書	圖文等量	以文為主、少量圖畫為輔	純文字
學習重點	培養興趣	態度與習慣養成	建立閱讀能力	從閱讀中學習新知	從閱讀中學習新知
閱讀方式	親子共讀	親子共讀 引導閱讀	親子共讀 引導閱讀 學習自己讀	學習自己讀 獨立閱讀	獨立閱讀